憂える姫の恋のとまどい

黒崎あつし

幻冬舎ルチル文庫

CONTENTS ✦目次✦

憂える姫の恋のとまどい

✦イラスト・テクノサマタ

✦カバーデザイン＝吉野知栄（CoCo.Design）
✦ブックデザイン＝まるか工房

憂える姫の恋のとまどい

1

「サク、どこですか？」

「はーい！　こっちです！」

庭師を手伝って生垣の刈り込みを手伝っていた奥野朔《おくのさく》は、初老の執事の呼ぶ声にひょこっと生垣から顔を出した。

「なにかご用ですか？」

「先程、旦那さまから連絡がありましたよ。明日戻られるそうです」

サクに一番に教えてあげようと思ってね、と微笑《ほほえ》みながら言う執事に、朔は手袋を嵌《は》めた手をポフッと合わせて喜びの声をあげた。

「嬉しい！　二ヶ月ぶりですね」

ロシアの首都モスクワの南西部にあるこの豪奢《ごうしゃ》な屋敷の主《あるじ》、ヴィクトル・ゼレノイは、非鉄金属の取り扱いにおいて世界トップクラスのシェアを誇るロシアの大企業、ゼレノイ社の重役のひとりだ。

次期社長と目される立場にありながら、退屈だからという理由で経営をコントロールする中央に留《とど》まるのを嫌がり、ゼレノイ社の交渉の顔として、趣味を兼ねて世界中をあちこち飛び回ってばかりいる。

そのせいもあっていつも留守がちで、本宅であるこの屋敷に寝泊まりするのは年間の四分の一にも満たない程度。

特に最近は、ずっと日本に滞在していて滅多に帰ってきてくれない。

（ここ半年ぐらいは、週末の帰宅もなかったし……）

他国に仕事で行く際も日本を拠点にしてばかりで、本宅には戻って来てくれなかった。

二ヶ月前にやっと帰って来てくれたと思ったら、なにか妙に上の空。

一週間と滞在せずに、また日本にとんぼ返りしてしまったのだから酷《ひど》い。

（日本が大好きなのはわかるけど……。いくらなんでも執着しすぎだよ）

出会ったときから、ヴィクトルは日本贔屓《びいき》だった。

どうせ仕事はそっちのけで大好きな日本を満喫しているのだろうが、この屋敷で待つしかない身の朔としては、ずっと寂しい思いをしていたのだ。

「庭仕事の手伝いは終わりにして、サクはお出迎えの準備をしなさい。――働き者なのはいいが、手や顔に傷をつけていないだろうね？」

「大丈夫です。ちゃんと気をつけてますから」

朔は頑丈な手袋を嵌めた手を、執事に向けてぴっと開いてみせた。

蒼天《そうてん》の日差しの中、働いていると少し汗ばむ気候だったが、小枝で腕を傷つけないようしっかり長袖《ながそで》を着ているし、顔には頬《ほお》を傷つけないようスカーフを被《かぶ》り、その上から麦わら帽子も被って、首筋や顔が傷ついたり日焼けするのをしっかりガードしてある。

腰のあたりまで伸ばしている長い黒髪も、日焼けして傷まないよう、三つ編みにして首に巻き付けて日差しから守っていた。

「じゃあ、僕、屋敷に戻りますね」

朔は庭師に挨拶《あいさつ》してから、広い庭を屋敷に向けて歩き出した。

(明日には会える)

そう思うと浮き浮きして、意味もなく気が急《せ》いて自然に駆け足になってしまう。

すると、そんな朔の後を、同じ調子で追いかけてくる軽い足音が聞こえてくる。

振り返ると、そこにはスラリと伸びた長い足で軽やかに弾むように駆ける大きな犬がいた。

ウェーブのかかった金色の長い体毛、細長いマズルに垂れ耳で、長い尻尾をふさふさとリズミカルに振るその犬は、かつてロシア貴族に愛されていたと言われるボルゾイという犬種で、その名は『桃太郎《ももたろう》』。

朔がつけてあげた名前だ。

ロシアの犬には似合わない名前だが、ヴィクトルが最初この子に命名しようとした『ハチ公』よりはマシだし、本人もこの名前に馴染《なじ》んでいるようなのでよしとしている。

(ハチ公なんて、縁起でもない)

この子にその名をつけるとヴィクトルが言い出したときは、そりゃもう慌てて反対したものだ。日本で一番有名な犬の名前だからと安易にその名を思いついたのだろうが、主に先立たれた犬の名前なんて、あまりにも不吉すぎる。

その名にあやかって、うっかり主であるヴィクトルの身になにかあったらと思うだけで、朔は胸が潰《つぶ》れるような気持ちになって、慌てて違う名を提案したのだ。

「モモ、仕事が終わったわけじゃないんだよ」

朔は立ち止まって、桃太郎の背中を撫《な》でた。

屋敷に戻る朔の姿を見て仕事が終わったとでも思ったのだろう。

まだ一歳になったばかりの無邪気な桃太郎は、これで遊んでくれと言わんばかりに、お気に入りの桃色のボールを咥《くわ》えていた。

「明日、旦那さまがお戻りになるんだ。その支度があるから今日は遊べないよ。たぶんモモも、この後お風呂に入れられるんじゃないかな」

賢い桃太郎は「お風呂」という単語を理解したようで、ひゅうんと嫌そうな声をあげた。

「綺麗《きれい》にしてないと、旦那さまががっかりするよ？」

観賞され、愛《め》でられるに足る美しさを持ち続けること。

それが、自分達の存在価値なのだから……。

「モモ、トリマーさん達に迷惑をかけないようにいい子にしてね」

わかった？　と両手でわしゃわしゃと顔を撫でてあげると、わかったと答えるように、くうんと甘えた声をあげる。

「いい子だね」

もう一度わしゃわしゃと桃太郎を撫でてあげてから、朔は屋敷へと戻って行った。

★

出会いは、満月の夜だった。

当時十四歳だった朔は、まだ日本にいて、祖父の広大な屋敷の離れで身を潜めるようにして暮らしていた。

真夜中すぎ、眠れずにひとりで暮らしている離れを抜け出した朔は、庭にしつらえられた竹製のベンチに座って、ぼうっと満月を見上げていた。

あの頃は、いつもぼうっとしていたように思う。

今現在の自分の境遇、そしてこの先我が身に降りかかるだろう不本意な事態から、なるべく目をそらしていたかったからだ。

だからその日も、ぼうっとしたまま満月を眺め、眠気《ねむけ》が訪れるのを黙って待っていた。

と、不意に、空を見上げる朔の視界を遮るようにして、唐突にヴィクトルはその姿を現したのだ。

（わあ、きらきらしてる）

闇《やみ》に慣れた目に、月明かりを弾《はじ》いてきらきら光るプラチナブロンドの髪がやけに眩《まばゆ》かった。

ちょうど月の光を遮るようにして立っていたから、顔ははっきりとは見えない。

生まれながらのプラチナブロンドというやつをはじめて見た朔は、宝石のように輝くその髪に思わずぼうっと見とれてしまう。

「カグヤヒメ？」

ヴィクトルが軽く屈《かが》み込んで言った。

「え？」

呼びかけるような調子だったので、思わず後ろを振り向いたが、そこには誰もいない。

「もしかして……僕のこと？」

当時から朔は、祖父の命令で市松人形を思わせるようなおかっぱ頭にしていたし、淡い色合いの浴衣《ゆかた》を寝間着として着ていた。

（女の子に見えるのかな？）

鳶色《とびいろ》がかった大きな目にツンと尖《とが》った鼻、そして愛らしくふっくらした小さな唇。

美形だったと言われている母親にそっくりらしい人形のような顔立ちは、年齢的にもまだ中性的で、異国の人の目には男女どちらとも区別がつきにくいはず。

「あの……違うんです。僕、男です」

慌てて否定したのだが、その当時のヴィクトルはまだ日本語がほとんど話せなかった。

わからないと言わんばかりに困惑気味に朔の言葉に首を傾《かし》げた後、朔の前に跪《ひざまず》くと自らの母国語で何事かを熱心に話しかけてくる。

「ま、待って……僕、その言葉、わからないです」

ロシア語でまくし立てられ、朔は焦った。

焦った勢いで、「ストップ」と思わず口にしてしまったのだが、これがまた悪かった。

英語ならわかるのかと勘違いされたようで、英語に切り替えたヴィクトルに、また何事かを熱心に話しかけられてしまう。

「英語も……まだ、よくわからないんですけど……」

学校で習ってはいるが、まだまだ未熟だし、早口でまくし立てられる英語を理解するなんて無理な話だ。

朔は困惑したまま、意味のわからない言葉に、ただただ首を傾げることしかできない。

（……優しい声だな）

男の人にしてはちょっと高めだが、深みのある柔らかな声は優しそうで、穏やかな響きがある。

（あの人達の声とは全然違う）

朔が中学生になった頃から、祖父が屋敷に招くようになった男達のいやらしい猫撫で声とは……。


跪いたことでよく見えるようになった顔も、若々しく清潔感があってとても綺麗だった。

外国人ならではの彫りの深い顔立ちは、まるで奇跡のように整っていて、おっとりとした品の良さを感じさせるものだ。

(まるで王子様みたいだ)

きらきら光る髪の毛は、さしずめ王冠といったところか。

そんな連想をしてしまったのは、ヒメと呼びかけられたり、目の前に跪かれたりしたせいかもしれない。

(目の色は何色なんだろう?)

薄暗い中でも、彼の目が日本人のそれと違って淡い色なのはわかる。

だが、具体的な色まではさすがに判断できない。

きらきらと月明かりを弾く金色の髪に、月明かりにほの白く光るその肌の色。

その淡い色の瞳を見つめ返しながら、音楽のように優しいその声に耳を傾けているうちに、朔はなんだか夢の中の世界に迷い込んだような気分になってきた。

だから、目の前の人が「オネガイ」と、片言の日本語でなにかを頼み込むのを見たとき、夢心地のままですんなりと頷《うなず》いてしまったのだ。

この人のお願いなら、なんでも叶《かな》えてあげたい。

そんな風に、ぼんやり思ってしまったから……。

「アリガトウ、カグヤヒメ」

朔が頷くのを見たヴィクトルは、それはもう嬉しそうに相好を崩し、ひょいっと朔を抱き上げた。

「わあぁぁ」

ふわあっ、と身体《からだ》が宙に浮く。

ヴィクトルの腕にまるで座るような形で抱き上げられた朔は、びっくりしてその首にしがみついた。

すぐ目の前に、さっきまで見とれていたきらきらの髪があって、頬にその髪が触れる。

(うわあ、柔らかいんだ)

まるで猫毛のようにふわふわで気持ちいい。

たまらずに顔を動かして頬に受けるその柔らかな感触を楽しんでしまったが、すぐに我に返って慌てて顔を離した。

「ご、ごめんなさい」

おそるおそる顔を見たが、ヴィクトルは朔のなれなれしい態度に気を悪くした様子はなく、むしろ嬉しそうに、にこにこして抱き上げた朔を見つめていた。

（銀色っぽい……？　いや、青かな？）

月の光を受けて淡く透ける瞳は、澄んだ宝石のようだった。

光をきらきらと弾くプラチナブロンドに飾られた顔には、とても嬉しそうな微笑みが浮かんでいて、見ているだけでなんだかこっちまで幸せな気分になってくる。

釣られるままに朔がにこっと微笑むと、ヴィクトルの笑みも深くなる。

（なんだかよくわかんないけど……。でも、まあ、いいか）

きらきらした王子様に微笑みかけられて抱き上げられるなんて、まるで本当に物語の世界に中にいるみたいだ。

朔は、幸せな気分にぼんやりと浸っていた。


その後、ヴィクトルに抱き上げられたまま、ふたりで庭を少しだけ散策した。

ヴィクトルは離れの玄関に朔を降ろすと、「オヤスミナサイ」と朔の髪をひと撫でしてから、名残惜しそうに母屋《おもや》のほうに帰って行った。

（あの人、僕が離れで暮らしてるって知ってたんだ）

ということは、祖父がちょくちょく連れてくるあの男達の同類なのだろうか？

（外国の人ははじめてだな）

――義務教育を終えたら、おまえに働き口を斡旋《あっせん》してやる。

中学に入学してしばらく経《た》った頃、祖父からそう言われた。

どうしようもなく愚かで好色だった母親に瓜二《うりふた》つのおまえのこと、学歴など与えても無駄になるだけだろう。人目に触れる場所で馬鹿をやり出す前に、おまえに似合いの場所に放り込んでやる、と……。

中学生にもなれば、それがどんな意味なのかは具体的に説明されなくてもわかった。

実の祖父のそんな酷い言葉にも、朔は傷ついたりはしなかった。

すでにもう慣れきっていたからだ。

（……今さらだ）

朔の母親は、その不品行故に大学生のときに父親のわからない子供を身ごもった。

その事実が知れたときには、すでに堕胎ができない時期だったのだそうだ。

そして家名に泥を塗るこの行為に怒り狂った祖父は、出産後、後妻を求めていた高齢の知人に母親を強制的に嫁がせた。

娘の不品行の結果として生まれた子、つまり朔は、母親の実子として届けられることはなく、戸籍上では祖父の愛人の子供ということになっている。

祖父から認知はされておらず、いわゆる非嫡出子だ。

そして朔は、おまえみたいな恥さらしな子供を殺さず生かしてやっているだけでも感謝しろと、子供の頃から祖父に言われ続けて育った。

そのせいもあって、祖父からの酷い仕打ちにはもう慣れっこになっている。

かといって、決して仕方のないことだと諦《あきら》めていたわけじゃない。

（今は我慢しなきゃ……）

――今は辛抱しなさい。いずれ、絶対に自由になれるチャンスがくるから。

そんな風に、戸籍上の母親である祖父の愛人だった女性から教え諭されていたからだ。

今は亡き彼女は、実父の事業の失敗の代償として、若い時分に祖父の愛人となる道を泣く泣く選び、その一生を祖父に食い尽くされた女性だった。

どこか投げやりなところのある人だったが、思いがけず押しつけられた赤子に心を動かされたのか、朔に対してそれなりに愛情らしきものを与えてくれた。

甘やかす愛情ではなく、厳しく現実を教え諭す方法で……。

――あんたみたいな子供が家を出たところで、ひとりでは生きていけっこないの。

だから、祖父からどんなに酷い仕打ちを受けても、今は辛抱しなさいと彼女は言った。

家を飛び出したとしても、未成年の子供がひとりで生きていけるわけもなく、すぐに連れ戻される。連れ戻されないよう、人目に触れない場所で生きようとすれば、生きるための糧《かて》を得るために働く道も限られてしまう。

その結果、やはり生まれながらに好色な愚か者だったのだと、祖父の言葉を自分で証明することにもなりかねない。

——自分から汚れる道を選んじゃ駄目。根っこが汚れてなければ、胸を張って日の当たる場所に戻れるからね。

あんたは私みたいになっちゃ駄目よ、と酒に酔う度に彼女は朔に執拗《しつよう》に絡んだ。

酒臭い息に辟易《へきえき》したものの、育ての母である彼女のそんな不器用な忠告と愛情を、朔はきちんと受けとめて育ったのだ。

だからこそ、祖父の酷い言葉にも口答えはしなかった。

(反抗すればするだけ、喜ばせるだけだ)

祖父は少しばかり加虐の嗜好《しこう》がある人だと、育ての母からは聞かされていた。

朔は祖父を喜ばせたくなどなかったから、ただ黙って無表情のまま祖父の話を聞いている。

今は我慢してやるが、大人になったら絶対に自由になってやると心に誓いながら……。

中学卒業後に自分が売られるだろうことに対して覚悟はできていた。

公的機関に駆け込んで保護してもらうことは考えなかった。

政財界に対してそれなりの影響力を持つ祖父の力をもってすれば、どこに逃げようと連れ戻される結果になるのはわかりきっていたからだ。

それに、救いを求めた先で親身になってくれる人がいたら、その人達へも祖父の悪意が向かいかねない。祖父の犠牲者《ぎせいしゃ》を無駄に増やしたくはなかった。

売り飛ばされた先で、どんな目に遭おうと絶対に心までは屈したりしない。

いつか自由になるというこの誓いを挫《くじ》けずに持ち続けるつもりでいる。

とはいえ、祖父が連れてくる男達から気持ち悪い視線を向けられて値踏みされる度、そんな決意はぐらぐらと揺らいだ。

色と欲に脂ぎった男達の視線に触れられるだけでも気持ち悪いのに、あの指でこの肌に直接触られたりしたらもう我慢できなくなるかもしれないと……。

(でも、あの人だったら……)

闇の中でぼうっと光る白い肌、髪も目もきらきらして、まるで貴金属で作られた高価な彫像のような人だった。

ふわっと抱き上げてくれた、あの優しそうな腕の中に閉じこめられるのならば、きっと嫌じゃない。

いや、むしろ嬉しいかもしれない。

夢心地の一夜が明けた朝、朔はそんな夢を見てひとり微笑んだ。

普段は嫌で嫌で仕方のない母屋への呼び出しも、この日ばかりは嬉しかった。

(きっと、昨夜のあの人に会える)

会えたらまず最初に、昨夜確認できなかった瞳の色を確認しなきゃと心躍らせながら、母屋へと向かう。

だが、呼び出された応接間には、祖父ひとりが待っていた。

「おまえの買い手が決まったぞ」

朔の顔を見るなり、祖父が言った。

「……え？　でも、中学を卒業してからって……」

まだ一年は猶予があるはずだと朔が問うと、予定が変わったんだと祖父は言った。

「おまえをもうこの屋敷に置いておくわけにいかなくなった。引き渡しは明日だ。荷造りする必要はない。身ひとつでここから出て行け」

朔は呆然《ぼうぜん》としたまま、祖父の言葉を聞いていた。

（僕の買い手……どんな人なんだろう？）

少し気になったが、聞いたところできっと気分が悪くなるだけだ。

（昨夜のあの人ならいいのに……）

そんな望みを抱《いだ》いたが、さすがにそれはないだろう。

祖父が屋敷に呼んでいた男達は、朔を値踏みした後で、朔を手に入れるための対価をそれぞれ祖父に提示している。

金であったり土地であったり美術品であったりと、その対価は様々らしいが、最終的にはその中で祖父が一番望むものを提示した者へと、朔は引き渡されることになっているのだ。

昨夜のあの人は、まだ正式に朔とは引き合わされていないから、条件交渉にさえ入っていない段階だ。

（もっと英語を勉強しておけばよかったな）

どうせ義務教育を終えたら売り飛ばされるのだからと、真面目に授業を受けていなかったことが悔やまれた。

もうちょっとだけ英語を話せていたら、昨夜のうちにあの綺麗で優しそうな異国の王子様に、どうか自分を助けてくださいとお願いすることもできていたかもしれないのに……。

後悔先に立たず、朔はうなだれて離れに戻った。


翌日、ほとんど眠れないまま朝を迎えた朔は、母屋から来た使用人達から強制的に着替えをさせられた。

ピンク地に大小様々な花が描き込まれた華やかな振り袖を着せられ、髪には大きな生花を飾り、薄化粧まで施される。

女装癖などこれっぽっちもないから、綺麗な着物も窮屈で鬱陶《うっとう》しいばかりだ。

（なんか露骨だな）

祖父的には、売り主へ引き渡す前に売り物の体裁を整えたってところなのだろうが、どういう趣向の対象として自分が売られたのかが露骨にわかりすぎて、気分は悪くなるばかり。

そして朔は、育ての母の写真を持つことさえ許されず、裏口からひっそりと屋敷を出て車に乗せられた。

「どこに向かうんですか？」

付き添って一緒に車に乗った祖父の秘書に聞いてみたが、祖父に言い含められているようで完全に無視された。

仕方なく口を閉ざし、窓の外に視線を向ける。

（あんまり人目には触れたくないな）

こんな派手ななりではどうしたって目立ってしまう。

ひとめ見て、振り袖姿の自分を男だと見抜ける人はそうはいないだろうが、それでもこんなみっともない姿を衆目に晒《さら》すのは嫌だった。

かといって、背中を丸めて俯《うつむ》くつもりもない。

（僕が望んでしてることじゃない。恥ずかしがったりなんかしてやるもんか）

そんなことをすれば、きっと祖父を喜ばせるだけだ。

挫けるなと言い続けてくれた育ての母の言葉を思い出しながら、ふと思う。

（そっか。もうお祖父《じい》さまと顔を合わせることもなくなるんだ）

もちろん、寂しさなんてこれっぽっちも感じない。

だが、なぜ祖父はこれほどまでに自分を憎むのだろうかという、今さらながらの疑問だけは胸に残った。

加虐の性質だったとしても、実の孫に対してのこの仕打ちはあまりにも酷い。

もしかしたら、未婚のまま朔を身ごもってしまった娘に対する失望や憎しみを、そっくりそのまま自分へと向けたのだろうか？

（だとしたら、迷惑な話だな）

実の母親とは、今まで一度も会ったことがない。

会いにすら来てくれない母親が、どこに嫁いだのか教えてもらっていないが、いつか自由の身になったら探し出してみたいとは思う。

彼女が産み捨てていった子供が、いったいどんな風に育てられ、どんな目に遭ったのかを知る責任があるだろうと思うからだ。

それに、聞いてみたいことがある。

生まれた孫に、祖父は『朔』という名をつけた。

朔とは、月に反射した太陽光が一切地上に届かない闇夜のこと。

祖父は、その一生を闇の中で生きていけと、生まれたばかりの孫に呪《のろ》いをかけたのだ。

自分の子供が、そんな名をつけられたことを彼女は知っているのだろうか？

もしも知っていて、そんな名付けを許したのだとしたら、自分は母親に望まれない子供だったということなんだろう。

怒りっぽい父親の怒りを自分からそらすためのスケープゴートとして、自分をこの屋敷に産み捨てていったのだろうか？

（あのお祖父さまに育てられた人なら、似たような性格かもしれないけど……）

だとしたら、なにを聞いてもきっと意味はない。

親子の情とか、その手の感情を理解できない人だろうから……。

などとぼんやりと考え事をしているうちに、目的地に着いたようだった。

車は高速のサービスエリアの駐車場の一角に停まり、朔は秘書に促されるまま車を降りる。

（うわっ、リムジンだ）

ここで待つようにと言い置いた秘書が歩み寄って行った車を見て、朔は思わず悪趣味だと顔をしかめた。

お抱え運転手つきのリムジンを乗り回すことで、自らのステイタスを演出したいのかもしれないが、子供を金品で売り買いするような下卑た人間には似合わない。

本来あの手の高級車は、本当に高貴な人々に所有されてこそ価値が上がるものであって、下卑た人間に所有される場合は、むしろ成金趣味の極みでしかない。

げんなりした気分で眺めていると、リムジンの運転手が降りてきて、後部座席のドアを恭《うやうや》しい仕草で開いた。

そして、そのドアから、きらきら光るプラチナブロンドの持ち主が姿を現した。

その気品溢《あふ》れる姿と仕草を見つめながら、驚きのあまり朔はぽかんと口を開けてしまった。

「……うそ。これ、夢かな？」

考え事をしているうちについうとうととして夢を見ているだけで、本当はまだ車の中にいるのかもしれない。

そうでもなければ、なにもかも思い通りにならないことばかりだった朔の暗い人生に、こんな都合のいいことが起こるわけがないからだ。

思わずきゅうっと指で頬をつまんでみたら、ちゃんと痛かった。

(ってことは、本当なんだ)

本当に、昨夜のあの人が自分を買い取ってくれたのだ。

朔がひとりでパニクっている間に、ヴィクトルは朔のすぐ側まで歩み寄って来ていた。

「コンニチハ、カグヤヒメ」

呆然としている朔の前で、ヴィクトルは軽く屈み、にっこりと柔らかく微笑む。

「こ、こんにちは」

朔は慌ててペコッと頭を下げてから、おそるおそる顔を上げて背の高いヴィクトルを見上げた。

(目、青いんだ)

それは、明るく澄んだ空の色。

見上げたヴィクトルの背後に広がる今日の空と同じ色で、そのあまりの眩《まぶ》しさに、朔は思わず目を細めていた。

カワイイ、とヴィクトルに言われた途端、窮屈で重かった振り袖が羽のように軽くなった。女装は好きじゃないけど、ヴィクトルが喜ぶのならば、この先ずっと女の子の格好をしたって平気だとさえ思う。

サービスエリアでヴィクトルに引き渡された朔は、そのままリムジンに乗せられてまた移動した。到着した先は空港で、ゼレノイ家が有する小型の自家用ジェットに乗せられる。

あっという間に離陸した機内で、朔は乗務員からオレンジジュースを勧められ、ありがたくいただいた。

(凄《すご》いお金持ちなんだ)

祖父もかなりの資産家だと噂では聞いていたが、さすがに自家用ジェットまでは所有していない。機内の装飾も品良くゴージャスで、座っているソファも実に座り心地がいい。

ストローを咥えたまま、ぼんやり機内を見渡していると、ヴィクトルが英語で何事かを話しかけてきた。

(こ、困ったな)

リムジンの中ではまだ夢心地だったから、英語で話しかけられても、ただぼんやりと微笑み返してばかりいた。

だが、ここに至って、さすがにこのままじゃまずいだろうという気がしてくる。

(ちゃんと、伝えないと……)

どうせ意味ないしとぼんやりしてばかりで中学では授業を真面目に聞いていなかったから、恥ずかしいぐらいに英語の発音には自信がない。

でも、片言の日本語で挨拶してくれたヴィクトルを見たせいか、発音や文法に問題があっても、とりあえず意志を伝えてみる努力をすべきだと思えてきた。

朔は、拙《つたな》い発音を口にする羞恥心《しゅうちしん》を必死に堪《こら》えながら、自分は英語が話せないのだということをなんとか伝えようと頑張ってみた。

「えっと……。アイ　キャント　スピーク　イングリッシュ。……で、わかるかな？」

最初、ヴィクトルは朔のぎこちない英語にただ首を傾げていた。

「これじゃ駄目か。えっと……。じゃあ――」

真っ赤になりながらも、発音を少しだけ変えてもう一度繰り返してみたら、今度は伝わったようだ。

ヴィクトルは酷くびっくりした顔をして、なにやら英語で必死にまくし立ててくる。

「だから、わかんないって言ってるのに……」

困ったなとしょんぼりした朔を見て、ヴィクトルはピタッと話すのを止《や》めた。

頬に手を当てて、ん〜っと困惑気味にしばらく首を傾げていたが、やがて、苦笑してふっと息を吐きながら軽く肩を竦《すく》める。

（まあ、いっか。……って、言ってるみたい）

その仕草を見た朔は、そんな風に感じた。

それはあながち間違っていなかったようで、気を取り直したヴィクトルは朔ににこっと微笑みかけて、その人差し指で朔の鼻にちょんと触れると、唐突に「サク」と告げた。

「え？」

朔は一瞬きょとんとしてしまった。

が、すぐに自分の名前が呼ばれたのだと気づく。

「あ、はい。僕は、朔、です」

おくのさく、とフルネームをゆっくり告げると、ヴィクトルも同じように繰り返す。

そして朔の鼻に触れた人差し指を、今度は自分の高い鼻に当てる。

「ヴィクトル・ゼレノイ」

「……ヴィクトル・ゼレノイ」

自己紹介された名を、忘れないように朔が口の中で呟《つぶや》くと、ヴィクトルは満足したように頷いた。

そしてまた、朔の鼻に人差し指を当てる。

「カグヤヒメ」

「え、あの……」

（違うんだけど……）

かぐや姫なんて名前じゃないし、そもそも朔は姫と呼ばれていい性別じゃない。

だが、ヴィクトルは朔を祖父から買い取ったのだ。

商品の説明はちゃんとされているはずだった。

（あだ名だと思えばいいのかな？）

普段だったら、お姫さま呼ばわりなんて絶対に嫌だが、相手がヴィクトルならば話は別だ。

——オネガイ。

月明かりの下で、その言葉に頷いたときから、朔はヴィクトルのオネガイならなんでも叶えてあげたいと思っていたから……。

だから朔は、とりあえず承知の意味を込めて頷いた。

それを見たヴィクトルは嬉しそうに微笑み、次いでまた自分の高い鼻を指差す。

「ヴィーチャ」

それは、ジェームズがジミー、エリザベスがリズと呼び親しまれるように、ヴィクトルの愛称だ。

だが、当時の朔はそんな知識を持っていなかったから、耳から入ってきた言葉を日本語の語彙《ごい》に当てはめて考え、そのまま口にしてしまった。

「ヴィーちゃん？」

「チャン？」

ヴィクトルは不思議そうに首を傾げたが、やがて日本滞在中に得た日本語の知識の中から、それが主に子供向けの接尾語だとすぐに理解したようだった。

「ヴィーちゃん」

朔の発音を真似てそう告げると、自分の鼻に指を当てたまま、見ているこっちが嬉しくなるほどの笑みを見せてくれる。

ちなみに後日、自分の勘違いに気づいたとき、朔はそりゃもう死ぬほど恥ずかしかった。

慌てて『ヴィーチャ』と改めようとしたが、『ちゃん』づけで呼ばれるのがすっかりお気に入りになってしまったヴィクトルに、それじゃ駄目だよと却下された。

仕方なく、それ以降も『ヴィーちゃん』と呼んではいるが、さすがにそれはふたりきりのときだけで、他の人がいる前ではヴィクトルの立場を考え、他の使用人達に倣って『旦那さま』で通すようにしている。

ふたりはその後も片言の英語と日本語で、好きな食べ物や色、動物等を伝え合った。

十時間ほどのフライトは、そんな風に楽しくすぎていき、ジェット機は目的地に着いた。

（……僕、外国に来ちゃったんだ）

パスポートとか出入国審査とか、その手のことがどうなっているのかまったくわからない。

フライト時間の長さから、なんとなくそうなんじゃないかという予感はしていたが、実際に降りたった空港で異国の言葉に囲まれたときはさすがにちょっと不安になった。

「カグヤヒメ、コッチコッチ」

だが、そんな不安は、ヴィクトルが手を繋《つな》いでくれた途端に消え失《う》せる。

（ヴィーちゃんがいるから大丈夫）

朔を厭《いと》い、闇の中に閉じこめようと呪った人は、もう海の向こうだ。

これから自分は、きらきら光る王冠を頭にいただき、空の色を瞳に宿したこの人のいる明るい場所で生きていけるのだ。

不安がることなんてなにもない。

朔はヴィクトルの手をぎゅっと強く握りかえした。

昨夜、ほとんど眠れなかったせいもあって、空港を出たところでまた車に乗せられ、広大な庭を持つヴィクトルの屋敷へと到着したときには、朔はもう眠くてふらふらになっていた。

それを見たヴィクトルから、出迎えてくれた上品なメイド服姿の女性達に引き渡され、そのままふたりがかりで振り袖を脱がされてバスルームへ直行。

くるくると全身洗い立てられ、真新しい寝間着に着替えさせられた。

着せられたのは、襟《えり》と袖に綺麗なレースがついた白いネグリジェ。

ふわっと柔らかで着心地は悪くないが、まるでラフなワンピースみたいにも見える。

（やっぱり、こうなるんだ。……でも、まあ、いいか）

こういうのを着ている姿をヴィクトルが見たいと思っているのなら、これでいい。

（これから、どうしたらいいんだろう？）

ヴィクトルがいる部屋に行けばいいのだろうか？

それとも、大きな天蓋《てんがい》つきのベッドがあるこの部屋で、大人しく待っていればいいのか？

自分がなんのために買われたのか充分に理解していたから、これから起こるだろうことに今さら戸惑ったりなんかしない。

むしろ、ヴィクトルの姿が見えない場所にいるほうが不安なぐらいだ。

面倒を見てくれている女性達はロシア語オンリーのようで、なにを言っているのかさっぱりわからない。

自分がどう振る舞ったらいいのかわからず、朔は部屋にぼんやりと立ちつくしてしまった。

そんな朔に、女性達が何事か話しかけてくる。

言葉がわからずに首を傾げると、両側から腕を取られてベッドに連れて行かれ、無理矢理寝かせられた。

バフッと毛布をかけられて、ぽんぽんと胸を叩かれ、頭を優しく撫でられる。

「スパコイナィ ノーチ」

朔の耳には呪文にしか聞こえない言葉をそっと呟くと、女性達は部屋の灯《あか》りを消してそのまま出て行ってしまった。

(このまま寝ちゃっていいってことかな?)

そんなことを考えているうちにも、最前からの眠気が襲ってきて、瞼《まぶた》がとろんと落ちた。

ベッドも枕もふっかふかで、畳の上に敷いた布団とでは寝心地がまったく違う。

沈み込んだ身体を温かな寝具が包み込んでくれるみたいで、不思議と安心感がある。

(昨日までとは、全然違う場所に来ちゃったんだな)

昨夜は、自分がこの先どんな場所で生きていかなければならないのかと、不安で不安で仕方なかった。

まさか、自分が望む人のところに行けるだなんて、こんな素敵な奇跡が起こるだなんて思ってもみなかったし……。

(……ほんと、よかった)

祖父によって売りに出された事実は変わらない。

客観的に考えれば、自分は今でも不幸な子供なのかもしれない。

それでも朔は、今の自分が幸せだと思った。

不安すぎて眠れずにいた昨夜と違って、今はこんなに自然に瞼が落ちる。

うとうとしながら、朔は毛布の中で小さく微笑んでいた。

☆

翌朝、ぐっすりと眠った朔は、誰に起こされるでもなく自然に目覚めた。

カーテンを開け、明るくなった部屋を見渡して時計を見つけた。

(今、何時だろう?)

「お昼過ぎてる!」

初日から寝坊だなんて、とんでもない。

朔は、慌てて部屋から出ようとしたが、ネグリジェのままじゃまずいかとはたと気づく。

「昨日の振り袖は……やっぱりないよな」

あったとしても、ひとりじゃあんなのとても着れない。

なにか着替えはないかなとぐるっと部屋を見渡すと、ベッド脇に置いてある長いすの上に、服らしきものが畳んで置いてある。

「きっと、これに着替えろってことだよね」

さてどんな服だろうと見てみたら、襟に控えめなレースがついたシャツと半ズボンだった。

長いすの脇には革靴も揃《そろ》えて置いてあり、ちゃんと普通の男の子用の服装である。

（ちょっと意外）

てっきり女装させられるものだとばかり思っていた朔は、拍子抜けしながらもほっとした。

続き部屋になっているバスルームで顔を洗い、服を身につけ身だしなみを整えてから、部屋のドアノブを摑《つか》む。

（どっちに行けばいいのかな？）

昨夜は玄関ホールからこの部屋に直行だったから、屋敷内の配置がさっぱりわからない。

廊下に人はいないかとドアから顔を出した途端、朔はドアのすぐ脇に座っていた大きな犬と顔を合わせてしまった。

「わあっ、ボルゾイだ」

テレビでしか見たことのない大きな犬にびっくりして、思わず大声をあげる。

犬は、そんな朔の驚きに動じることなくすっくと立ち上がると、そのまま廊下を軽やかに歩き出した。

「え、ちょっと……。行っちゃうの？」

思わず朔が声をかけると、立ち止まって振り向き、その長い尻尾をゆっくりひとふりしてから、また前を見て軽やかに歩き出す。

「ついてこいって言ってるのかな？」

なんとなくそんな気がした朔が慌ててその後を追いかけると、犬はそうだと言わんばかりにまた尻尾を優雅にひとふり。

（綺麗な犬だな）

クリーム色の毛で、耳や背に薄茶の斑《まだら》のアクセントがあるのがお洒落《しゃれ》だ。立って歩くと、小柄な朔の胸ぐらいまで背の高さがある。

まるでつま先立ちで歩いているような軽やかな足取りに見とれながら一階に降りると、やがてサンルームのように天井まで窓硝子《ガラス》に覆われた部屋に出た。

「オハヨウ、カグヤヒメ」

「お、はようございます」

とても明るい部屋の中、ちょうどお茶を飲んでいたらしいヴィクトルのプラチナブロンドがきらきらしているのが目に入って、朔はなんだかとても嬉しくなって条件反射的ににこっと微笑んでいた。

「……って、おはようございますっていう時間じゃないか。寝坊しちゃったし」

思わず独りごち、肩を竦めた朔に、「朔くん、気にすることはないよ」と日本語で話しかけてくる人がいた。

ヴィクトルと同じテーブルに座っていた、ロシア人らしき高齢の男性だ。

かつてこの屋敷で働いていて今はすでに隠居の身なのだが、若い時分に日本に十年以上住んでいた経験を買われて、朔専用の通訳として急遽《きゅうきょ》屋敷に招かれたのだとか。

ドミトリーと呼んでくれと手を差し伸べられ、朔は慌てて歩み寄って行ってその手を握りかえした。

「奥野朔です。お世話になります」

ぺこりと頭を下げると、ドミトリーはこちらこそと微笑む。

いかにも好々爺《こうこうや》といった風情のドミトリーは、テーブルの向こうでなにか話しているヴィクトルへと視線を向け、ひとつ頷いてから朔を見た。

「ぐっすり眠れましたか？　なにか不満はなかった？　って聞いてます」

「え……。あ、はい！　大丈夫です」

さっそく通訳してくれているのだと理解した朔は、ドミトリーに頷き返してから、ヴィクトルに向き直った。

「昨夜、面倒を見てくれた女の人達もとても親切にしてくれましたし……。お蔭《かげ》様で、久しぶりに夢も見ないぐらいぐっすり眠れました」

ありがとうございます、と頭を下げると、ドミトリーに通訳してもらったらしいヴィクトルが嬉しそうに微笑む。

その手は、すぐ側に大人しく座っている大きな犬の顔や背を優しく撫でていた。

「えっと……。あの犬の名前は？」

いいな、とヴィクトルに撫でられている犬をちょっと羨《うらや》ましく思いながら、ドミトリーに聞いてみる。

「フレイヤ、だそうです。北欧神話の女神の名ですね」

ヴィクトルに聞いたドミトリーが教えてくれる。

「女の子なんですね」

「そう。今年で七歳になるレディーだそうです」

（ちょっと、まどろっこしいな）

まったく会話できなかった昨日に比べればずっとマシになったはずなのに、ドミトリーを挟んでしか、ヴィクトルと会話できないのがなんだか酷くもどかしい。

言葉を勉強したいと切実に思った。

「どうやら彼女は、あなたの目が覚めたらここまで案内するようにと旦那さまに頼まれて、あなたが起きるのをドアの前でずっと待っていてくれたようですよ」

「本当に？　凄いな。——案内してくれてありがとう」

歩み寄っていって、ヴィクトルを真似て顔を撫でてあげると、フレイヤは気持ちよさそうに目を細めて、自分から朔の手の平に顔をすりつけてきた。

「あなたはフレイヤに気に入られたみたいだって、旦那さまが言ってますよ」

「よかった」

（この屋敷にいる人は、みんな優しいな）

祖父の屋敷にいるときは、朔が祖父からどんな扱いを受けているか知っていたから、みんなどこかよそよそしかった。朔にとっては叔父《おじ》に当たる人の一家も母屋では暮らしていたのだが、やはり祖父の目を気にしてか、朔の存在は完全に無視されていた。

下手に親切にして朔に懐かれたりしたら、祖父の怒りを買うと警戒していたんだろう。

でも、ここの人は違う。

昨夜の女性達も優しく寝かしつけてくれたし、この老人も犬も、みんな朔をすんなり受け入れてくれている。

（全部、ヴィーちゃんのお蔭だ）

主であるヴィクトルが朔に好意的だから、こんな風に優しい対応をされているんだろう。

朔は胸が温かくなるのを感じていた。


その日から三日間は、朔にとって天国のような日々だった。

ずっとヴィクトルと一緒に過ごすことができたからだ。

初日はもうお昼すぎていたから、広い屋敷内をゆっくり案内してもらったら終わってしまったが、翌日はピクニックがてらフレイヤも連れて敷地内の森に遊びにいった。

それまで朔は祖父の屋敷の敷地を広いと思っていたが、ここに比べるとまるで猫の額としか思えない。

芝に覆われた小高い丘に、ボート小屋がある透明度の高い湖、そして人の手で見事に管理された楓《かえで》や白樺《しらかば》の綺麗な森。それら見渡す限りすべてが屋敷の敷地だった。

丘に登りながら、ヴィクトルに身振りで促されるまま遠くにボールを投げると、一緒についてきていたフレイヤが、突然弾かれたように走り出す。

「わあ、凄い！」

長い足を軽やかに動かし、ふさふさの毛をなびかせながら、優雅に駆けて行くその姿。

自然の中を全力で走るフレイヤは開放感に満ちあふれていて、見ていた朔も、思わず釣られて一緒に駆けだしていた。

「フレイヤ！」

ボールを咥え、朔の声に振り向いたフレイヤは、取れるものなら取ってみなさいと言わんばかりに、ツンと顔の向きを変えてまた違うほうに走り出す。

「あ、ちょっ……。——待ってよ、フレイヤ!!」

そんなフレイヤを、朔は無我夢中で追いかけた。

全力で手足を動かし、腹の底から声を出して……。

(気持ちいい)

祖父の屋敷の中、身を潜めるように生きてきた朔にとって、それははじめての開放感。

振り返ると、青い空を背景にきらきら光る髪の持ち主が、空色の目を細めて微笑んでいる。

まさにここは、朔にとっての天国だった。

その日は、丸一日、ヴィクトルに見守られながら安心して遊んだ。

フレイヤとじゃれ合い、湖でボート遊びをしたり、東屋でランチを摂《と》ってお昼寝したり。

楽しくて楽しくて興奮しすぎたせいか、その日の夜は目が冴《さ》えてしまってなかなか寝つけなかったのを覚えている。

三日目は、天気が悪かったせいもあって、一日中屋敷内で過ごした。

収集癖があるというヴィクトルが世界各地から集めた美術品の数々を、ふたりでのんびり眺めて歩く。その間、通訳は同行せず、ヴィクトルがどこからか調達してきた携帯型の翻訳機を使って会話した。

ぽつぽつと入力するのにけっこう時間がかかったけれど、ふたりして顔をつき合わせて小さな端末の画面を覗《のぞ》き込んでいるだけでも、朔はもう充分に楽しかった。

顔を上げると、息がかかるほどの距離で空色の明るい瞳が優しく見つめている。

言葉がうまく通じなくても、なんの問題もなかった。

本当にただヴィクトルと一緒にいられるだけで、朔は幸せだったのだ。

だが、四日目の朝。

いつものように目覚めて食堂に向かったが、そこにヴィクトルの姿はなく、代わりに通訳のドミトリーがいた。

「おはよう、朔くん。旦那さまは、もうお仕事に行かれたよ」

「お仕事に？　いつお戻りになりますか？」

「今月は海外出張が入っているので、もう本宅には戻ってこられないようですね」

ヴィクトルはこの屋敷を休暇を過ごすために使っていて、普段は本社近くにある小ぶりな別宅で過ごすことが多いのだとドミトリーは言う。

その別宅にもいつもいるわけではなく、月の半分は仕事で海外を飛び回っているのだとか……。

「そんな……」

(僕、置いていかれちゃったんだ)

ひと言もないままに……。

(ヴィーちゃん、僕が寂しがるって、わかってなかったのかな？)

それとも、置いていかないでとだだをこねられるのが嫌だったのか？

朔がしょんぼりとうなだれていると、手の甲に柔らかなものが押しつけられた。

「フレイヤ。……そっか、おまえもいつも置いてけぼりにされてるんだね」

フレイヤの顔を撫でてぎゅっと抱きつくと、くうんと寂しげに鳴いた。

(ヴィーちゃんはお留守番させるの慣れてるんだ)

フレイヤは言葉を話さないから、置いてけぼりにされる側が寂しい思いをしていることをヴィクトルは知らないのかもしれない。

だからといって、置いていかないでと言っちゃいけないのもわかる。

(ヴィーちゃんの仕事の邪魔をするわけにはいかないもんな)

それに自分は、ヴィクトルに買い取ってもらってお世話になっている身なのだから、我儘《まま》を言う資格はないのだ。

「僕も一緒に連れてってもらうわけにはいかないんですよね」

お仕事ですもんねと朔が呟くと、そうだねとドミトリーが穏やかに答える。

「朔くんの場合は戸籍の問題があるようだから、一年間はこの国から出られないそうだよ」

「戸籍？」

「そう。具体的なことは聞いていないが、なにか色々と不都合があるらしい」

「そう……なんですか？」

急に決まって追い出されるようにして日本を出てきた。パスポートとか持っていなかったし、色々と法律的にまずいことをして出入国したのかもしれない。

「その代わり、一年がすぎたら、どこにでも行けるよ。君が望めば、学校にも通わせてくれるそうだ」

「学校。でも、僕、言葉がわからなくて……」

教えてもらえますか？　と問うと、ドミトリーは、もちろんと鷹揚《おうよう》に頷く。

「言葉がわかるようになったら、家庭教師もつけてくれる手筈《てはず》になっている。――旦那さまは、君がここで幸せに暮らすことをお望みだ。遠慮せずになんでも望みを言うようにね」

「はい」

（望みなんて……）

ヴィクトルと一緒に過ごすこと。

それ以外の望みなんて朔にはない。

朔はフレイヤの背中を撫でながら、寂しさに堪えた。

（ずっと帰って来ないわけじゃないし……）

また休暇になれば、ヴィクトルはこの屋敷に戻ってくるのだ。

それまでに少しでも言葉を勉強して、スムーズに意思の疎通を図れるようになりたい。

そんな願いを抱いた朔は、この日から懸命に勉強をはじめた。

まずは恥ずかしがらずに、異国の言葉を発音するところからはじめる。

使用人達も協力してくれて、朔とすれ違う度に気さくに挨拶してくれる。

少し発音が違うと、その場で注意をしてくれたり、わざと簡単な会話を仕掛けてきてくれたりもして、屋敷中が朔の先生になったみたいだった。

ヴィクトルが不在でも、屋敷の人達はみんな優しくて、朔はそれが本当に嬉しかった。

次に朔がヴィクトルと会えたのは、置いてけぼりにされてから、きっかり半月がすぎた頃。

旦那さまをお迎えしようと使用人達が玄関先に並ぶのを見て、朔も一緒に並ぼうとしたのだが、「朔くんは別室に行こうね」と通訳のドミトリーに止められた。

ヴィクトルに会えるのが凄く楽しみだった朔は、すぐに会えないことにとてもがっかりした。だが、我が儘を言うわけにもいかず、しょんぼりとうなだれながら移動して、勉強に使っている図書室にドミトリーと共に籠《こ》もることになった。

「どうしてすぐに会わせてもらえないんでしょうか？」

「旦那さまおひとりだったらよかったんだが、今回は仕事上のお知り合いが一緒にいらしてるんだよ。……朔くんの姿を見られるのは、ちょっとまずいかもしれないと執事さんがおっしゃるのでね」

「そう……ですか」

(仕方ないか)

朔自身は大喜びしているとはいえ、世間的に見れば、自分は金で買われた子供だ。

あまりおおっぴらにしたくない存在だというのは理解できる。

理解できるのに……。

（でも、会いたかったな）

ヴィクトルから、あの空色の瞳で見つめられて、カグヤヒメと呼ばれたい。

もう一度抱き上げてもらって、あの柔らかい髪の感触を感じてみたい。

堂々とお出迎えできない自分の立場がどんどん悲しくなってきて、朔は俯いたままじわっと涙ぐむ。

「朔くん？　あのね、お客様は一泊だけして帰られるそうなんだ。だからね、明日にはちゃんと旦那さまにお会いできるんだよ？」

ヒクッとしゃくり上げた朔を見て、ドミトリーが慌てて優しく話しかけてきた。

「ご、ごめんなさい。僕、泣くつもりなんてなかったんですけど……」

日本にいたときは、どんな扱いを受けても、なにを言われても気にせずにいられた。

人前で泣くなんて絶対にしなかったのに……。

（みんな、優しくしてくれるから……）

だから、傷つくものか、狼狽《うろた》えるものかと気を張る必要がない。

与えられるみんなの優しさを素直に受けとめるために、朔の心はいつも無防備に開かれていて、そのせいで感情がうまくコントロールできないのかもしれない。

恥ずかしいなと涙をぬぐっていると、お出迎えを終えた女性の使用人のひとりが、朔を気にしてかひょっこり図書室に現れた。

だが、朔が泣いているのを見て取ると慌ててまたどこかへ行ってしまう。

なんだろう？　と不思議に思いながらも、朔は涙をぬぐって、勉強の続きをしようと言葉の教材に使っていた絵本を開いた。

そしてドミトリーとふたりで絵本に書かれた言葉を一文字一文字発音していると、またしても図書室のドアが開いて、さっきの使用人が温かな湯気の昇るホットチョコレートを持ってやってきた。

「僕に……ですか？」

泣いていた自分を心配してくれたのだろうか？

朔は嬉しくなって、ロシア語でアリガトウと告げて、両手でカップを包み込む。

と、またドアが開いて、今度は執事とコックが入ってきた。

執事の手にはなぜかテディベアのぬいぐるみ、そしてコックの手には苺《いちご》のパイが載ったお皿がある。

「え、これも、僕にですか？」

ポンと膝《ひざ》の上にぬいぐるみが置かれ、目の前のテーブルには苺のパイが置かれる。

「朔くんが泣いていたから、みんな心配してくれたんだね」

「そうなんですか。でも、なんだかこれじゃ、僕、小さな子供みたいだ」

泣いている小さな子供にあめ玉や玩具《おもちゃ》を与えているのと似た感じがして、嬉しいけどちょっとだけ照れくさくなってしまう。

「小さな子供って……。君、子供じゃないの？」

「子供ですけど……。でも、小さいってほどでもないでしょう？　小学生ぐらいならともかく、もう中学生なんですから」

朔がそう言うと、ドミトリーは酷く驚いた顔になった。

「中学生⁉　日本で中学生っていうと、えっと……」

僕、十四歳ですと、朔が先回りして答えると、またまたドミトリーはびっくり。

「そうなのか。てっきり、十歳前後くらいかと……。君、小さいなぁ」

確かに中学でも並ぶときはいつも一番前だった。骨格からして大柄なロシアの人達からしたら、朔は小さな子供にしか見えないのかもしれない。

（誤解されていたのか……）

ドミトリーの口調とか、みんなの態度とか、ちょっと妙に思うことはあったのだが。

ドミトリーが日本語がわからないみんなに朔の年齢を説明してくれて、びっくりしたような視線が朔に集まった。

「どうやら執事さんの話だと、旦那さまも朔くんのことを小さな子供だと思ってらっしゃるみたいだよ」

「そうだったんですか」

飛行機の中で、好きな食べ物とか好きな動物とか、妙にたわいのないことを聞くなと思っていたが、言葉が通じないせいだけではなかったようだ。

ちゃんと誤解を解いてくださいねと、朔はドミトリーに頼む。

自分で直接伝えられないのが本当に歯痒《はがゆ》かった。

「サク」

最初にホットチョコレートを持ってきてくれた使用人が、窓のところで朔を呼んだ。

近づいて行くと、窓の外を指差している。

見ると、ちょうど窓の近くの庭を、ヴィクトルが客人と一緒に歩いているところだった。

「自慢の庭をお客人に見せているみたいだね」

ドミトリーもサクの隣りに来て窓の外を眺める。

（フレイヤも一緒だ）

フレイヤは、嬉しそうにふさふさと尻尾を振って散歩のお伴をしている。

羨ましいなぁと思いながら、久しぶりのヴィクトルの横顔をじっと眺めていた朔は、「あれ？」と思わず声をあげていた。

「どうしたんだい？」

「いえ、あの……。なんだか、旦那さまの顔立ちが前と違って見えるから……」

以前見たときはもっと穏やかで優しそうに見えたけど、今は微笑んでいるのにどこか鋭さを含んだ顔に見える。

(格好いいけれど、ちょっとだけ怖いみたいな……。機嫌か具合でも悪いのかな？)

朔がしどろもどろにそんなことを説明すると、ドミトリーは違うよと笑った。

「私達が見慣れている旦那さまは、どちらかというとこちらのほうなんだ。朔くんの側にいるときのほうが例外なんだよ」

「例外？」

「朔くんのことが可愛くて仕方ないんだろうね。——朔くんは、旦那さまがどういう方か知ってるのかな？」

「お名前以外は知らないんです」

「ああ、そうか。それでか……」

ドミトリーは納得したように頷くと、「うちの旦那さまはそれは凄い人なんだよ」と得意気に言った。

ちょうど三年前、突然の事故で両親が亡くなり、ヴィクトルは二十代の若さで家業を引き継ぐことになったのだそうだ。

それまでのヴィクトルは、美術史の研究者の肩書きを持って、趣味で世界中をあれこれ巡る道楽者だった。

そのせいもあって、すんなり世代交代がなされるのかと周囲はかなり心配したようなのだが、父親の跡を継いだヴィクトルは周囲の不安を余所《よそ》に、怖《お》じけづくことなく増長することもなく、それはもう見事にゼレノイ家の家長として振る舞っているのだとか……。

「お父上の代では名誉職だったゼレノイ社の重役の席も、お飾りとしてではなく引き継いで、現在では名実共にゼレノイ社の顔になってしまっているんだ。しかも、二年足らずでだよ。これは凄いことなんだ。えっと、日本の諺《ことわざ》で……。なんて言ったっけ……。確か、能あるなんとかが――」

「能ある鷹《たか》は爪《つめ》を隠す、ですか？　と朔が先回りして言うと、そう、それ！　と、ドミトリーは年甲斐《としがい》もなくちょっと興奮しているようだった。

（そんなに凄いことなんだ）

ゼレノイ社という会社自体知らない朔には、それがどんなに凄いことなのか理解はできなかったが、ドミトリーの興奮具合だけ見ても凄いことなんだろうなと納得はできた。

納得して、それでちょっと不安になってしまっていた。

『サク、旦那さま、戻る』

その翌日、やっぱり図書室で勉強していると、昨日の使用人が顔を出して、朔にもわかりやすいようにとロシア語の単語を並べて、玄関のほうを指差した。

リムジンでお客人を空港まで見送りに行ったヴィクトルがそろそろ戻ってくると教えてくれているのだろう。

朔は立ち上がり、使用人と一緒に玄関へと向かった。

（どんな風に接したらいいんだろう）

この前のときは、ヴィクトルが優しくしてくれるのにすっかり甘えてしまって、無邪気に振る舞ってしまった。

でも、ヴィクトルが凄い人だというドミトリーの話を聞いた今、そんな態度を取ってもいいのかどうか、不安になる。

（他のみんなみたいに、もっと控えめにしたほうがいいのかも……）

そう思って、大人しくしていようと思ったのに……。

「カグヤヒメ、ゲンキ？」

リムジンから降りてきたヴィクトルは、朔の顔を見るなりぱあっと満面の笑みを浮かべた。

その表情を見た瞬間、朔はそれまでの悩みをすべて忘れた。

「はい！　元気です！」

まるでボールを投げられたフレイヤのように、気がついたらヴィクトルに向かって一気に駆けだしている。

そんな朔に向けて、「タダイマ」とヴィクトルが両手を広げてくれる。

「おかえりなさい！」

朔は無邪気に笑って、自分のために開かれたヴィクトルの腕の中に飛び込んで行った。

そのとき、ヴィクトルは三日間だけ本宅に留まった。

通訳を入れずに翻訳機を使って一日かけてチェスのルールを教えてもらったり、広い庭を散策してフレイヤと遊んだり、テニスの真似事をしたりと楽しい日々を過ごす。

朔は密《ひそ》かに、夜にヴィクトルの部屋へと呼ばれることを期待していたのだが、残念ながらその期待は外れに終わった。


最初は呪文《じゅもん》のようにしか聞こえなかったロシア語は、使用人達の協力もあって案外すんなりと話せるようになった。

だが、読み書きのほうはそう簡単にはいかず、かなり苦労させられた。

一通りロシア語を覚えて通訳つきの生活から解放された後は、執事の勧めもあって、家庭教師から一般教養を学ぶことにした。

それと並行して、執事からヴィクトルの仕事に関することも教わった。

非鉄金属を取り扱うゼレノイ社が世界の経済にどんな風に係《かか》わっているか、そしてヴィクトルがゼレノイ社の中でどんな立場でどんな仕事をしているか。

「ドミトリーさんが、旦那さまは凄い人なんだって言ってました」

なんとなく得意な気分で、『能ある鷹は爪を隠す』の諺をドミトリーが口にしたことを朔が言うと、執事は軽く眉根《まゆね》を寄せた。

「とんでもない。できる人だっていうのは最初からわかってたんです。ただ、本人がお気楽な怠け者だっただけで……」

最初のうち執事が一番心配していたのは、仕事なんて面倒臭いと言って、ヴィクトルがすべての事業から手を引いて若隠居を決め込むことだったのだとか。

「様々な国の人々に会う機会の多い今の仕事が、予想外に性に合っていたようで、本当にほっとしていますよ」

その厳しい口調に、朔は自分が叱《しか》られたみたいに、きゅっと首を竦めた。

「ああ、いや。怒ってるわけじゃないんだよ」

執事が慌てて朔を慰める。

「お小さい頃から知っているので、ついつい昔のことを思い出して、説教口調になってしまうだけで……。——旦那さまが凄いお方だというのは事実ですよ。誇らしく思ってあげてください」

「はい！」

朔は力一杯頷く。

それから、世界各国を旅するヴィクトルが買い集めた美術品のコレクションが屋敷に送られて来る度、その作品が生まれた国の歴史や、作者の来歴についても学んだ。休暇の度に本宅に戻ってくるヴィクトルと、少しでもスムーズに会話できるようにと思ったからだ。

「サクは、本当に旦那さまが大好きなんだね」

「はい！　大好きです！」

もうすでに、マニアの域に達していると自分でも思う。

世界でたったひとりのヴィーちゃんマニアだ。

そんな朔を見て、執事や使用人達は優しく微笑んでくれる。

収集癖のあるヴィクトルが世界各地の美術品を手に入れるのはいつものことだが、人間の子供を連れてきたのは朔がはじめてだったそうで、正直みんな、これはどういうことだとかなり戸惑っていたらしい。

「なにしろ、旦那さまはああいう性的指向の方ですからね。そういう目的でサクを連れてきたのかと最初は不安に思ったものですが……」

執事に聞いた話では、ヴィクトルは若い時分から自分がゲイであることを周囲にカミングアウトしていたのだそうだ。

生まれながらの御曹司でガツガツしたところのないヴィクトルは、両親が揃って早世したとき、自分はそういう理由で跡継ぎを作ることができないから家督は弟に譲ると申し出たそうなのだが、それを弟に断られたらしい。

『兄さんは派手で目立つから、トップに立つのが向いてるよ』

自分はその逆で、ナンバーツーの地位にいるほうが性格的にも向いている。遊び半分でも構わないから、とりあえずトップの地位に就いていて欲しい。その分、自分が目立たない場所で地道にゼレノイ家の事業を支える。家督は兄さんが神に召された後にでも自分の子供達に継がせてやってくれと、弟に説得されたのだとか。

ちなみに、ヴィクトルが継いだこの家は、日本で言うところの分家に当たる。

ゼレノイ社を立ち上げたのは本家筋で、現在の社長はそちらの人間だ。

とはいえ総資産額で言えば、分家が本家を遥《はる》かに凌《しの》いでいるらしい。

故人であるヴィクトルの母が、いわゆるロシアの亡命貴族の家柄で、その生家は亡命先のヨーロッパにおいて事業を成功させ一財産築いたが、運悪く一族係累が死に絶えたために、その財産のすべてを彼女が相続したのだ。

それをまたそっくり息子であるヴィクトルが相続したものだから、ヴィクトルはロシアの大富豪番付に載るほどの大金持ちなのだとか。

仕事で訪れる先の国々で、惜しげもなく金を使い高価な美術品を収集できる財力は、そこに由来していた。

ヴィクトルの弟は、ヴィクトルが相続したその母方の財産、ヨーロッパのほうの事業の実務に携わっていて、ゼレノイ社の業務とはなんの関係もない。

ヴィクトルも別にゼレノイ社で働く必要などはないのだが、ヴィクトルほどの資産家が経営陣に加わっているという事実だけで企業評価が上がるとかで、同族の義理もあって所属している らしい。

それで最初から次期社長候補と囁《ささや》かれる地位に祭り上げられ、ふらふらと遊び半分仕事半分で世界中を回ったりしつつ、しっかり難しい交渉を成功裏に収めたりと仕事で見事な成果を上げているから、ゼレノイ社でも超ＶＩＰ待遇を受けているのだ。

「さすがに、ちょっとばかり調子に乗りすぎておられるのかもしれないと心配しましたよ」

その財力で欲しいものすべてをなんでも手に入れられる立場のヴィクトルが、とうとう自らの趣味のために人間まで、それもよりによって未成年の子供を買うようになってしまったのかと、執事は密かに深く憂えていたらしい。

「だが、どうやらそうじゃなかったらしい。純粋に人助けだったんですね」

よかったと、執事はほっとしたように言うが、朔の考えは違う。

(なんでヴィーちゃんは、僕を欲しがってくれないんだろう？)

執事には悪いが、正直、朔はもの凄く不満だったのだ。

祖父は、朔をそういう対象として売りに出していたはずだ。

買ったヴィクトルには、朔をどんな風にでも自由に扱う権利があるはずなのに、この屋敷に来て二年ほどがすぎたというのに、いまだに特別な意味で朔に手を出してはくれない。

ヴィクトルとはじめて出会った夜、朔はこの人のお願いなら、なんでも叶えてあげたいと思った。

その想いは、いまだにこの胸の中にある。

最初のうちは、雛《ひな》が生まれてはじめて見た相手を親と思うようにヴィクトルに懐いていたところがあるが、今ではもうそれだけじゃない。

朔は、ヴィクトルに本気で恋をしている。

それも、熱烈にだ。

だから、ヴィクトルがゲイであることを執事に聞いて確認できたときは、自分にもチャンスがあると密かに大喜びしていたぐらいなのだ。

（あんなに綺麗で優しい人を好きにならない人なんていないよ）

生まれながらに恵まれた環境で生きてきたというのに、ヴィクトルに驕《おご》ったところは一切見られない。

恵まれてきたからこそ、とても素直で、ある意味無欲でもある。

世界を回って収集した美術品のコレクションへの愛情はとても深いが、そんなコレクションへの愛情が自分と同等か、もしくはそれ以上と認めた者には実に気前よく安価でコレクションを譲ったりすることもあるぐらいだ。

本当に望まれ、より愛でられる場所にいたほうが、コレクション達にとっての幸せだからというのがヴィクトルの持論だった。

（本当の意味で、愛情深い人なんだ）

祖父も、高価な掛け軸等の骨董品《こっとうひん》をよく手に入れていたようだが、それらを手にするのは人に見せびらかすときだけだった。

ふたりの人としての品性の違いがよくわかるというものだ。

（ヴィーちゃんは、僕を嫌いじゃないはずなのにな）

二年経って少しだけ背が伸び、柔らかな頬のラインがちょっとだけ引き締まってきた今でも、ヴィクトルは朔のことをカグヤヒメと呼んで可愛がってくれる。

さすがにもう重くなってきて、出会った日のようにひょいっと腕に抱き上げてはくれなくなったけど、屋敷に帰ってくる度に元気だったかいと髪を撫でてくれるし、ぎゅっとハグだってしてくれる。

だが、それ以上のスキンシップを求めてくることはない。

朔は、それがもう心底不満なのだ。

（もっと僕が、カグヤヒメらしくなればいいのかな？）

カグヤヒメと言えば長い黒髪はトレードマークのようなものだから、とりあえず髪を長く伸ばしてはいるが、ヴィクトルが特になにも言わないので、それ以外のことに関しては気にしていなかった。

フレイヤと庭を駆け回ったり、ヴィクトルをスポーツに誘ったりと、少々やんちゃしすぎていた部分があるから、そこら辺をちょっと控えたほうがいいのかもしれない。

頑張ってお姫さまらしくしてみようと思い立った朔は、週末に帰宅したヴィクトルの前でちょっとしおらしく振る舞ってみた。

だが、これが大失敗。

普段ちょっとやんちゃなだけに、カグヤヒメの元気がないと心配されて、山ほど医者を呼び寄せるという騒動に発展してしまったのだ。

心配してもらえるのはとっても嬉しいが、目論見《もくろみ》が外れて朔はがっかりだ。

(ヴィーちゃんは優しいからなぁ)

下手な小細工をして心配させるのはやっぱりよくない。

だから、次は直接聞いてみることにした。

「ヴィーちゃん、僕になにかして欲しいことはないですか？」

どんな服でも着るし、なんでもしてあげると訴えてみたのだが、「そのままで充分だよ」とヴィクトルは微笑むばかり。

(……無欲すぎ)

とはいえ、そういう意味で枯れているわけでもないらしい。

出張先の異国で、気に入った相手と一夜の楽しみを交わしてきたというような話を、電話や訪ねてきた友人に話しているのを小耳に挟んだことが何度かある。

（なんで僕には手を出してくれないんだろう？）

わざわざ大金を支払ってまで自分を祖父から買い取ったのだから、まるっきり好みでないというわけではないはずだ。

ない、と信じたい。

だから朔は、その後もめげずに頑張った。

甘えたふりをして自分から積極的に抱きついてみたり、背伸びして頬や唇にキスしてみたりと、あの手この手でヴィクトルに迫ってはみたのだ。

だが、ヴィクトルは嬉しそうにでれっとするものの、そういう意味ではいつも完全スルー。

何度も空振りを繰り返しているうちに、さすがに朔もめげてくる。

（僕じゃ、やっぱり駄目なのかな）

可愛がってもらっているのは間違いないが、愛犬のフレイヤとレベルが似たり寄ったりな気がする。

側に行くとすぐに長い髪に触れてきて、その指先を絡ませてくるのも、フレイヤの頭や背中を撫でるのと同じような仕草みたいにも思えるし……。

もちろん、今の関係が不満なわけじゃない。

不満じゃないけど、不足なのだ。

（一緒にいるときはいいんだけど……）

休暇が終わり、ヴィクトルが仕事に行くと朔は置いてけぼりだ。

置いてけぼり仲間のフレイヤもいるし、執事や使用人達も優しくしてくれるけれど、何度体験しても置いて行かれるのはやっぱり寂しい。

自分がヴィクトルに恋をしているとはっきり自覚してからは、なおのこと。

今は一夜のアバンチュールで済んでいるようだけど、いつか旅先で出会った誰かにヴィクトルを盗《と》られてしまうんじゃないかという不安もある。

もっと深い繋がりが欲しかった。

どんなに離れていても、安心して待ち続けることができるように……。

そして十八歳になった朔は、どうしても諦めきれずに実力行使に出ることにした。


——内緒のお話があるので、鍵を開けておいてくれませんか？　夜中にこっそり寝室にお邪魔しますから……。

夕食時にこっそり耳打ちした夜、朔は首尾良くヴィクトルの部屋へ侵入を果たして、しめしめと内側からしっかり鍵をかけた。

寝室のドアをそっと開けると、なにか内緒の話でもあるのかと思っていたようで、ヴィクトルはベッドの上で写真集を眺めながら朔を待ってくれていた。

「やあ、カグヤヒメ」

待っていたよ、と寝室にこっそり侵入してきた朔に向けて、ヴィクトルが無防備に両手を広げてみせた。

だが、その腕の中に自分から飛び込んだ朔が「『夜這《よば》い』にきました」とズバリ告げると、その日本語の意味を知っていたようで「ヨバイ⁉」と、びっくりした顔になる。

「はい。『夜這い』です」

「どうして急にそんなことを？」

「急なんかじゃないです！」

朔は、真剣な顔で答えた。

四年も待って、もう待ちきれなくなったから夜這いを決行したのだ。

朔にとっては遅すぎたぐらいだ。

「ヴィーちゃんには、僕を自由にする権利があるはずです。ずっと待ってたのに、全然声をかけてくれないから……。だから、思い切って僕から来たんです。──今まで、はっきり聞いたことはなかったけど、売りに出されていた僕を、ヴィーちゃんが祖父から高額で買い取ってくれたんですよね？」

「祖父⁉　あの老人は、君のお祖父さんだったのかい？」

「そうです。……もしかして、知らなかったんですか？」

あまりの驚きように朔が聞くと、「知らなかったよ」とヴィクトルは呆然として答えた。

「面倒を見ていた愛人が浮気してできた子供だと、彼は言ってたんだが」

「戸籍上はそうなってるみたいです。でも僕は、あの人の娘が産んだ子供です」

「そうだったのか……」

朔があまり面白くもない自分の生い立ちを手短に話すと、唾棄《だき》すべき人だな、とヴィクトルは不愉快そうに呟いた。

「カグヤヒメ。僕はね、君を買っただなんて思ってないんだ。悪い翁《おきな》に閉じこめられていた君を、ただ純粋に助けてあげたかっただけなんだよ」

「助ける？」

そうだよ、とヴィクトルは頷く。

日本に行った際、たまたまヴィクトルは、朔の祖父が、それはそれは可愛らしい生き人形をオークションにかけているという闇の噂を聞いたのだそうだ。

「未成年の子供を金で売買するだなんて許せることじゃないからね。なんとしても、その子を助けてあげようと思ったんだ」

だが、ただ正義感を振りかざしただけでは、その子を助けてあげられないこともわかっていた。

「美術品の売買と一緒にするのは不謹慎だが、闇の世界の売買は少々常識が通じないこともあるからね。お金で処理するのが一番危険が少ないだろうと判断したんだ」

下手に正攻法で立ち向かえば、商品とされている子供が手の届かない場所に隠されてしまう危険性もあった。

だからヴィクトルは、愛らしい日本人形を欲しがっている日本かぶれの外国人として、闇の取引をするために祖父の屋敷を訪れたのだそうだ。

「いよいよ明日には君に会えると思ったら興奮して眠れなくなっちゃってね。少し気を静めようと庭を散歩していたら、そこで君に会ったんだ」

噂で聞くよりずっと可愛くてびっくりしたよ、と無邪気にヴィクトルが微笑む。

「最初から、僕を助けようと……」

(……嬉しい)

最初から、ただただ優しい気持ちで会いに来てくれていたのだ。

そう思うと本当に嬉しすぎて、きゅうっと胸が締めつけられるみたいに苦しくなる。

「じゃあ、あのとき、なにをオネガイしてたんですか?」

朔は、ずっと聞きそびれていたことを聞いてみた。

「僕に君を助けさせて欲しいって、オネガイしたんだよ」

「そう……だったんですか」

(助けさせて欲しいって、オネガイしてたのか……)

助けてあげる、じゃないところが、ヴィクトルらしい。

人間を金でやり取りするだなんて、ヴィクトルにとっては許しがたい悪徳だろうに、そんな汚名を着る覚悟までして助けてくれたなんて……。

まさか、そんな事情が裏にあったとは、朔はまったく知らずにいた。

日本を出国する飛行機の中で、英語がわからないと朔が打ち明けたときになにやら焦っていたのは、そこら辺の事情をきちんと理解させないままで、日本から連れ出してしまったことへの罪悪感があったからだとか。

「でもまあ、それは行動で誠意を示せばわかってもらえるだろうと思ったんだが……。——あんまりわかってなかったみたいだね？」

「そ、そんなことないです！　僕、ヴィーちゃんには凄く感謝してます！　ここのみんなは凄く優しくしてくれるし、なに不自由ない暮らしをさせてもらって、勉強だってさせてもらってるし……」

誠意ならもう充分すぎるほど伝わっている。

朔がそう訴えると、よかったとヴィクトルは嬉しそうな顔になる。

「でも、今まで誤解していたのは、ヴィーちゃんのせいですよ。日本国内しか知らない子供が早口の英語を理解できるはずないのに……」

ましてや、ロシア語なんて、挨拶すらできないレベルだ。

島国である日本における、外国語の普及率をまったく知らなかったのだろうか？

そんな朔の疑問に、「知ってたけど」とヴィクトルはちょっと気まずそうな顔になった。

「助けてあげたいと思ってた子が、急に目の前に現れたものだから、つい興奮しちゃったんだよ。ビジネス絡みで言葉がわからない国を移動するときは、必ず通訳をつけるようにしていて、言葉に不自由しないものだから、つい、ね」

ごめんね、と謝られて、はいと素直に頷く。

ヴィクトルに関して許せないことなど、元々なにひとつないのだ。

「自分は買われたものだとずっと思ってたとはね。ちゃんと話しておけばよかったよ」

不安だっただろう、ごめんね、とヴィクトルがまた優しく謝る。

「だからね、カグヤヒメ。君は最初から自由なんだ。自分で自分を購《あがな》う必要はない」

「購うだなんて、そんなつもりはないです」

自由にだってなりたいとは思わない。

朔はここに、ヴィクトルの側にいたいだけなのだから……。

「僕は、僕の意志でここに来たんです。——僕じゃ、あなたの恋人になれませんか？」

「僕の恋人になりたいのかい？」

「はい!!」

朔が思いっきり頷くと、ヴィクトルはちょっと困った顔になる。

「でも君は、まだ子供だろう。僕はね、子供とは恋をしない主義なんだ」

「僕はもう子供じゃないです！」

またか、と朔はちょっとがっくり。

実年齢を教えた後も、朔はこの屋敷の人達からずっと子供扱いをされていたのだ。屋敷内にいる人々の中でフレイヤに次いで年若いせいか、庇護《ひご》されるべき対象として見えてしまっているらしい。

「ロシアでは十八歳で成人なんでしょう？　ヴィーちゃんが留守にしている間に、僕、もう十八歳になったんです」

「ああ、そうだったっけか。カグヤヒメは小柄だから、ついまだまだ子供だと思ってしまっていたけど……」

「もう大人です。大人だから苦しいんです」

「苦しいって、どこが？」

心配そうな顔をするヴィクトルに、朔は思いっきり首を横にふる。

「身体じゃなくて、ここが苦しいんです」

朔はヴィクトルの手首を摑んで、その手の平を自分の胸に押し当てた。

「あなたが恋しくて……苦しいんです。――だから、僕をあなたの恋人にしてください」

オネガイ、と記憶に残っているかつてのヴィクトルの口調で日本語を口にする。

「胸が苦しくなるぐらい、僕のことを好いてくれているの？」

「はい、大好きなんです。……あの……僕じゃ駄目ですか？」

不安になって見上げると、「とんでもない」とヴィクトルは肩を竦めた。

「駄目なわけがないよ。僕は、出会ったときからもう君に夢中だったんだから……」

「本当ですか？」

ぱあっと、朔の顔は喜びに輝いた。

「もちろん。――僕のカグヤヒメ、君のはじめての男になれるのを光栄に思うよ」

――はじめてで、最後の男《ひと》です。

思い詰めたようなそんな朔の言葉は、ヴィクトルの唇に吸い取られて途中で消えた。

頬をその手の平でゆっくりと撫でられたり、手の甲にキスされたり……。

普段もしているスキンシップとさして変わらないはずなのに、恋人にしてもらえることになった途端、なんだか妙に緊張して心臓がどきどきしてしまう。

「緊張してる？」

聞かれてこっくりと頷くと、「カワイイ」と日本語で言われた。

ちゅっと額にキスされて、ゆっくりと胸の紐《ひも》を解《ほど》かれる。

朔はバンザイして、ヴィクトルがネグリジェを脱がせるのに協力した。

ネグリジェを脱ぐと、もう全裸だ。

下着は最初から身につけてきていない。

夜這いを成功させる気満々だったからだが、さすがにちょっとはしたなかったかなと、自分の積極さが恥ずかしくなってしまって俯くと、ヴィクトルの指先が顎《あご》に触れて顔を上げさせられた。

「恥ずかしがることない。とても綺麗だよ」

「本当に？」

「もちろん」

滑らかな象牙《ぞうげ》の肌に滑り落ちる朔の長い黒髪を、そうっと手の平ですくいながらヴィクトルは微笑む。

「僕のカグヤヒメ。君はこれから、もっともっと綺麗になるだろうね。その変化を、この腕の中で確かめていけるのが、とても嬉しいよ」

「僕も凄く嬉しいです」

今までもこれからも、朔の望むことはただひとつ。

ヴィクトルの側でずっと一緒に生きること。

より深い繋がりを求めて、朔はその腕をヴィクトルの首に絡めていった。

今のこの姿をちゃんと見せてと、全身くまなくチェックされた。

髪の生え際から爪の先までじっくり眺め、その指と唇とで質感と形とを確かめていく。

（……ふわふわする）

ヴィクトルに触れられてキスされると、身体がふわっと浮くような心地好さを感じる。

（こんな風に優しく触れられるのって、はじめてかも……）

人の体温をこんな風に直《じか》に感じたのも、たぶんはじめてだ。

朔は、普通なら子供時代に両親から与えられるはずの人の温《ぬく》もりを知らずに育った。

育ての母はそれなりに優しくしてはくれたけれど、自分は実母ではないと、常に一線引いているところがあったから……。

（嬉しいな）

与えられた温もりは肌の上だけに留まらず、身体の芯《しん》にまで届く。

ほわっと温かくなっていく心と身体が気持ちいい。

はじめてのその温もりに、朔はとろんと酔いしれた。

「気持ちよさそうだね？」

「はい。……こんなに素晴らしいなら、もっと早くに夜這いすればよかった」

思わず呟くと、僕のカグヤヒメは随分と積極的だとヴィクトルが楽しげに微笑む。

「こういうのは駄目ですか？」

「とんでもない。僕は積極的な子は大好きだよ」

（よかった）

こういうやり方で迫ったのは間違いじゃなかったらしいと、朔は心から安堵《あんど》した。

「もっと気持ちよくしてあげるよ」

いつの間にか立ち上がっていたそれに、ヴィクトルの手が触れる。

「綺麗で愛らしい色だ。素晴らしいよ。僕のカグヤヒメ」

それは、コレクションを愛でるときにヴィクトルがよく使う言葉ではあるけれど、普段のときよりずっと熱が籠もっているように感じられる。

賛美の声に反応したそれに愛《いと》おしげにキスされ、口に含まれて、朔はぶるっと甘く身を震わせた。

「ふ……あっ……あ、駄目、僕……それ……我慢できない」

ヴィクトルを思ってそれを自分で擦《こす》り上げたことなら何度もあったけれど、口腔内に含まれるその心地好さは、それとはまったく比べものにならない。

零《こぼ》れた雫《しずく》と唾液とで滑るそれを唇で扱《しご》き上げられると、その心地好さに勝手に腰が揺れる。深く呑《の》み込まれて、それを包み込む口腔内の熱さに釣られるように、じわっと腰が熱く痺《しび》れてくる。

「ヴィーちゃ……。だめです。あん……口……汚しちゃうから」

離して、と懇願すると、ヴィクトルは顔を上げて困ったように微笑んだ。

「カグヤヒメ、これは汚い行為じゃないんだよ。汚れたりなんてしないから、安心して感じるままに振る舞っていて」

そう言うとヴィクトルはまたしても朔を口で刺激しはじめる。

唇で擦り上げられ、じわっと滲《にじ》み出てくる雫を丹念に舌で舐《な》め取られる。

先端を舌先でくりっと刺激されると、ビリッと痺れるような甘さが背筋を走った。

「あ……やだ。……だめ……――ひあっ！」

その甘い痺れに背筋を反らせながら、朔はたまらずに放ってしまう。

ヴィクトルは、朔が放ったそれを口で受けとめた。

「……っ、ごめ……なさい」

汚い行為じゃないと言われても、自分の身体から排出したものをヴィクトルに飲まれてしまうだなんて、やはりどうしても抵抗を感じてしまう。

「出して……ここに出してください」

甘い余韻に浸る間もなく慌てて身体を起こし、泣きそうになりながらも両の手の平をヴィクトルに向けて差し出す。

だが、ヴィクトルはぺろっと舌を出すと、茶目っ気たっぷりな顔で微笑んだ。

「もう飲んじゃったよ。汚くなんてないって言っただろう？」

「……でも……」

「汚くなんてないんだよ。僕の可愛いカグヤヒメ。どうしても君が汚いと思うなら、僕は君にもう一度キスする前にこのベッドから出て、口をすすいでこなくちゃならなくなるよ。汚い唇で可愛い君にキスするわけにはいかないからね」

どうしよっか？　と聞かれて、朔はふにゃっと泣き顔になった。

「嫌、行っちゃ嫌です。ヴィーちゃんは汚くなんかない。――ごめ、ごめんなさい」

なにに謝ってるのかもわからないまま、朔はヴィクトルに抱きついて、自分からその唇に唇で触れた。

「ん……ふっ……」

自分から進んで舌を絡め、互いの唾液を混じらせる。

自らの放ったものの臭いと味が酷く生々しい。

(僕の望んでたことって、こういうことなんだ)

ヴィクトルのものになりたいとずっと願ってきた。

抱かれることを漠然と想像して夢見てきたけど、現実は想像とは違う。

生々しい臭いと味、混じり合う唾液に汗、そして分け与えられる温もり。

愛されるということの現実が、すとんと胸に落ちてくる。

(……嬉しい)

それを自分に教えてくれる人が、ヴィクトルであることが、なによりも嬉しい。

「大丈夫だった？」

長いキスの後でヴィクトルにそう聞かれた。

「はい」

朔は、素敵すぎるキスの余韻にうっとりしたまま頷き、互いの唾液で濡《ぬ》れたヴィクトルの唇をぺろぺろと舌で舐め取った。

「……くすぐったいよ、カグヤヒメ」

笑い声をあげるその唇に、また自分の唇を押し当てる。

ヴィクトルが長い髪を優しく撫でるのを感じながら、朔ははじめての愛の行為に夢中になっていった。


（やっぱり、ヴィーちゃんは優しいな）

はじめての夜なんだから素敵なものにしないとねと、自らの欲望を抑え、朔の喜びを高めることだけを優先してくれている。

朔に触れるヴィクトルの指先は優しく、本当に、ただただ甘くて気持ちいい。

優しくされるのが酷く嬉しい。

そして、はじめての行為を素直に気持ちいいと感じられる自分の身体が愛しくもなった。

「ゆっくり挿れるから……。きつかったら言って」

耳元で囁かれ、ちゅっと額にキスされてから、時間をかけて開かれ蕩《とろ》けたそこにヴィクトルのものが押し当てられる。

「……ん。ヴィーちゃん……好き……」

ヴィクトルの腕に手を添えて、朔はふうっと溜《た》め息をつく。

（……やっと、やっとだ）

愛する人とひとつになれるこの瞬間をずっと待ち続けてきた朔は、胸が痺れるほどに幸せを感じている。

「ふあ……あぁ……」

熱い塊がぐぐっとゆっくり押し入ってくると同時に、唇からも甘い声が零れた。

「辛い？」

「へい……きです。……もっと、僕の中にきて……」

時間をかけて指でほぐされ、そこで喜びを感じられることを覚えさせられていたお蔭で、圧迫感はあっても痛みはほとんど感じない。熱いものが内壁を押し広げていくと同時に、甘い痺れがじわっと広がって、腰のあたりを熱くしていく。

やがてひとつになると、朔は堪えきれなくなって、ぽろぽろと涙を零した。

「カグヤヒメ？」

「ちが、そうじゃなくて……」

心配そうに動きを止めたヴィクトルに、朔は両手で震える唇を押さえながら首を振った。

「僕、嬉しくて……。だって、ずっと待ってたんです。あなたに、こんな風に抱いてもらえる日を……」

夢が叶ったのはこれで二度目。

最初は、自分を買う相手が、あのきらきら光る髪を持つ優しい異国の人であればいいと願ったとき。

そして今、念願叶ってこうして恋人にしてもらえた。

「……僕の可愛いカグヤヒメ。そんなに喜んでもらえるなんて光栄だよ」

でもオネガイだから泣きやんでおくれ、と、ヴィクトルの唇が目元の雫を優しく吸い取る。

「あ……ごめんなさい、どうしよう……」

ヴィクトルのオネガイならなんでも叶えてあげたいのに、優しくされればされるほど涙が溢れて止まらない。

あまりにも幸せすぎて、嬉しすぎて……。

その夜は、まるで夢のように幸せな夜になった。


そして、甘い夜が明けた翌朝。

（どうせ、すぐにばれちゃうし……）

ヴィクトルの身の回りの世話をしている使用人達に夜具を見られたら、それでもうなにがあったかすべて知られてしまう。

隠しておけることじゃないと開き直った朔は、ヴィクトルと一夜を過ごしたことを、思い切って自分から執事に打ち明けた。

うっかり誤解されてヴィクトルの名誉が傷つかないよう、決して強要されたわけじゃなく自分からヴィクトルを求めたのだと、そこだけは絶対にはっきりさせておきたかったのだ。

（怒られるかな？　それとも呆《あき》れられるかも）

どういう反応が返ってくるか不安だったが、意外にも執事は、なんだか酷く悲しそうな目で朔を見た。

「そうですか。——サク、辛い選択をしてしまいましたね」

「どういう意味ですか？」

聞き返した朔に、執事はなにも答えてはくれなかった。

★

現在、朔は二十歳《はたち》になった。

自分ではかなり大人びたように思うのだが、日本人としても小柄な朔は、大柄なロシア系の人々の目にはまだまだ小さく感じられるようで、いまだに子供扱いされてばかりいる。

はじめてヴィクトルのベッドで朝を迎えてから二年。

あの頃とは、周囲の環境や朔の思うところが少し変わっている。

優しい姉のように、寂しいときはいつもそっと側に寄り添ってくれていたフレイヤが天寿を全うして天に召され、その代わりに弟分の可愛い桃太郎がやってきた。

そして朔は、ヴィクトルの本当の恋人になることを諦めた。

あの日、執事に言われた言葉が気にかかってはいたけれど、数ヶ月の間はなんの問題もなく本当に幸せだった。

長年の片思いが実ったことが嬉しくて、朔は毎日が楽しくて仕方なかった。

だが、しばらく経つと、いやがおうにも現実が見えてくる。

ヴィクトルがベッドを共にする相手は、自分ひとりではないのだという現実が……。

朔とこういう関係になったことで、ヴィクトルは朔を大人と認識してくれたらしく、仕事先で楽しんだ大人の遊びのことを、あれやこれや具体的に話すようになっていた。

異国情緒漂う街で、その地によく馴染む、異国情緒溢れる美青年達との一夜のアバンチュールを……。

「特に興味深かったのは、肌の香りが独特だったことかな。あれはそう、食文化が違うせいなんてことを、愛を交わし合った直後のベッドの上で朔を抱き締め、朔の長い髪を指に絡めたままでヴィクトルは楽しげに話すのだ。

「それでもやっぱり、僕の一番はカグヤヒメだよ」

たぶん、誉《ほ》めてくれているんだろうと思うから、ありがとうございますと朔は微笑み返すけれど、内心は穏やかじゃない。

(一番なんて、全然嬉しくないよ)

朔は、ヴィクトルの沢山いる恋人達の中で一番になりたかったわけじゃない。

唯一無二の恋人になりたかったのだ。

でも、そんな気持ちをヴィクトルには言えなかった。

ヴィクトルは、いつも無邪気に見えるほど屈託なく一夜の恋人達の話をする。

彼からすれば、沢山の恋人達と愛を交わし合うことはなにもおかしくはなく、当たり前のことなのだろう。

だから、その話が朔を傷つけることに、まったく思い至らない。

怒ったり悲しんだりして、楽しく話していたヴィクトルを白けさせたくはなかった。

無粋で興ざめだと思われて嫌われるのが怖くて、朔はなにも言えないまま……。

このときになってはじめて、朔はあの日の執事の言葉の意味を理解したような気がした。

悶々《もんもん》と悩んだ末に、もう一度あの日の言葉の真意を聞いてみたら、執事はやっぱり悲しそうな目をして朔を見た。

「サク、旦那さまはね、誰かひとりだけを特別に愛したりはなさらないんだ」

子供の頃から仕えてきたが、執事はヴィクトルが誰かひとりに執着したのを見たことがないと言う。

「なにもかもに恵まれておいでで、なにかに飢えたことがないせいかもしれないね」

コレクションに対する愛情を見ていればわかるだろう？　と執事が言う。

（そう……かも……）

自らが価値を認めたものを、ヴィクトルは迷わず手に入れ、そしてどれもこれも等しく愛でる。本宅を訪れる度にコレクションルームに足を運び、その展示位置を微妙に直しては、この並びのほうがしっくりくると喜んだりもする。

どれかひとつを特別扱いしてコレクションルームから持ちだしたりすることはないし、これさえ手に入れれば、もう他はいらないというほどの執心も見せない。

大事にしていたコレクションを、熱心に求める他人に譲ることさえ厭わない。

（僕も、同じなのか……）

旅先の一夜の恋人達と違って、いつも屋敷にいるから何度も可愛がってもらえているだけで、たったひとりの恋人として特別に愛されているわけじゃない。

そんな風に、すんなり納得できてしまうことが朔は悲しかった。

なんとなく気づいていたこととはいえ、やはりショックを受けた朔に、「大丈夫ですよ」と執事は言った。

「朔のことは本当に可愛がっておいでだ。この先も、決して手放したりはしないでしょう」

「でも……」

それは、朔が本当に望んでいる関係とは違う。

正義感に駆られて助けた子供に対する情であって、恋人に対する愛ではない。

口ごもる朔に、「もしも、どうしても辛いのならば別宅に移動してもいいんですよ」と、執事は言った。

留学したいからとでも旦那さまに頼んで、世界各国にあるゼレノイ家の別宅のひとつに移動してはどうか、と……。

「距離を置けば、少しは辛さも紛れるかもしれないしね」

「それは嫌です」

朔は首を横に振る。

ヴィクトルの側を離れるのだけは絶対に嫌だ。

そして朔は、愛されることのない辛さに目をつぶり、ヴィクトルの本当の恋人になることを諦めたのだ。

見えないところで他の人を抱いているのだとしても、朔が側にいるこの屋敷の中ではヴィクトルが可愛がるのは自分だけ。

それだけで充分に幸せだからと自分を無理矢理に納得させて、この屋敷の中だけに閉じこもるようになった。

そして、ヴィクトルの側にいられるだけの価値を持ち続けるための努力を、それまで以上に惜しまなくもなった。

以前はちょっと面倒に思っていた髪や肌の手入れも進んでするようになったし、ヴィクトルとの会話を円滑に進めるための経済や美術についての学習もしている。

最近では、屋敷内の仕事をあれこれ覚えるために、使用人達の手伝いもはじめている。

今はヴィクトル好みの綺麗な姿をしていても、いずれ年を取れば容色なんて衰える。

そうなったとき、普通の使用人としてでもいいから、ヴィクトルの住むこの屋敷に置いてもらえるようにと願ったのだ。

(どんな形でもいいんだ。ヴィーちゃんの側にいられれば……)

それだけが朔の望み。

それだけが朔の願い。

朔はいつも、それだけを真摯《しんし》に祈り続けている。

2

美容師に念入りにトリートメントしてもらった長い髪は、さらさらで艶々《つやつや》。

お肌の調子も最高だし、爪もネイリストに頼んで綺麗に磨いてもらった。

服は悩みに悩み抜いた末に、この前帰ってきたときにヴィクトルがお土産《みやげ》に買ってきてくれた和服にした。

正絹のベージュ色の紬《つむぎ》で、帯は金茶の絣《かすり》文様。

長い髪は中程より下の部分を、やっぱりヴィクトルがお土産に買ってきてくれた金色の組紐で、髪を解いたときに変な癖がついてしまわないよう緩く括《くく》ってみる。

「これで大丈夫かな。――モモ、どう思う？」

朔は大きな鏡の前で自分の全身をチェックしながら、すぐ側で大人しく座っている桃太郎に鏡越しに聞いた。

桃太郎は、そんなの知らないよと言わんばかりに、ふわあ、と大あくび。

「冷たいなあ。ったく、モモは楽でいいよね」

念入りにブラッシングすれば、艶々した自前の体毛がなによりのお洒落になるのだから。

どうしよっかなぁと、この期《ご》に及んで悩んでいると、ドアがノックされて屋敷の使用人が顔を出した。

「サク、そろそろ玄関に行かないと、旦那さまが到着なさっちゃうわよ」

「はい、今行きます。——桃太郎も行こう」

声をかけると、桃太郎はすっくと立ち上がり、尻尾をふさふさ振りながらついてくる。

一緒に玄関まで行って、すでに整列している使用人達の列に混ざるとすぐに、ヴィクトル愛用のリムジンが滑るように屋敷の前に停まった。

すかさず執事が前に出て、リムジンのドアを開ける。

そこから姿を現したのは、きらきら光る髪の朔の大切な人だ。

(ヴィーちゃん、やっぱり格好いい)

惚《ほ》れた欲目を除いても、そう思う。

出会ったときはまだ二十代だったヴィクトルは、三十代を迎えてその容姿に落ち着きを加え、男性としての円熟期を迎えつつある。

リムジンから降りてきた気品溢れるその姿は、知的な金髪碧眼《へきがん》の美丈夫といった風情だ。

だが、その顔も、朔をひとめ見た途端、ふにゃっと崩れる。

知識と経験を積んで人としての深みを増しても、飢えも痛みも知らないその中身は以前と変わらず、どこか無邪気で稚気を残したままなのだ。

(僕は少し変わっちゃったけど……)

一方通行の恋の辛さを知ってしまったから。

それでも、辛さや苦しさは、ヴィクトルの前では決して見せない。

帰宅する度に、いつも同じ幸せそうな笑顔で出迎えることが自分の役割だと思っている。

自分はヴィクトルに愛玩されるための生きたコレクション。

綺麗な姿を見て愛でてもらって、そして側で気分よく過ごしてもらうために微笑むだけだ。

「僕のカグヤヒメ、元気だったかい？」

「はい！　おかえりなさい！」

朔は満面の笑みを浮かべて、広げられたヴィクトルの腕の中に飛び込んで行った。


久しぶりの主の帰宅に、いつもは静かな屋敷内の空気が少し騒がしい。

決して不快な感じではなく、お祭りに浮き立つ空気感に似ているかもしれない。

久しぶりに一緒に食事を楽しんだ後、朔はヴィクトルに誘われるまま私室に行き、お土産の日本酒を一緒に飲んだ。

やはりお土産の切り子のグラスに注《つ》がれた少し黄みがかった液体を、おそるおそる口にした途端、「懐かしい味かい？」とヴィクトルに聞かれ、思わずむせてしまった。

「もう。懐かしいわけないでしょう。僕は十四歳で日本を出たんですよ。お正月にお猪口《ちょこ》一杯ぐらいなら舐めたことありますけど、味なんて覚えてません。――あ、お猪口ってわかります？」

「わかるよ」

これだろう？　とヴィクトルが親指と人差し指で円を作るようにして口元に運び、くいっと酒を飲む仕草を見せる。

あまりにも慣れたその仕草から、日本でどれだけ接待されてきたかわかろうというものだ。

（その間、僕は寂しかったのに……）

ぶわっと勝手に湧《わ》き出てくる不満を無理矢理押さえ込み、朔はヴィクトルに微笑みかけた。

「それで？　僕になにか大事なお話があるんじゃないんですか？」

「あれ？　気づかれちゃったか」

「当然です」

伊達《だて》にヴィーちゃんマニアを自認してるわけじゃない。

食事を摂っている最中から、なにか妙にそわそわしている感じがしたのだ。

そんな様子から、二ヶ月前同様、また日本にとんぼ返りされるのかなという不安に駆られていたのだ。

が、いつもは食後に食堂の隣りにあるサロンでのんびりお茶やお酒を楽しんだりしているのに、今晩はなぜかそのまま私室に誘われたから、これはきっと特別な話があるに違いないと当たりをつけていた。

「実はね、カグヤヒメにちょっとオネガイがあるんだ」

「オネガイ、ですか？」

『ヴィーちゃんのオネガイならなんでも叶えてあげたい病』の朔は、これは一大事とばかりに手に持っていたグラスをテーブルに置いて、きちんと居住まいを正した。

「話を聞きます」

「まずは、写真を見てもらおうかな」

ヴィクトルはソファの脇に置いてあったアタッシュケースから封筒を取り出し、そこから一枚の写真を引っ張り出して朔に手渡した。

（普通のサラリーマンだ）

きちっと撫でつけられた髪と無骨な銀縁眼鏡、スーツ姿の痩《や》せぎすな青年の写真だった。

絵に描いたような日本人サラリーマンの姿に、朔は首を傾げる。

（なんでわざわざ写真なんか……）

目も鼻も口も、なんら主張する特徴がない。

わざわざ写真を見せられるまでもなく、銀縁眼鏡の日本人サラリーマンと言われたら、すぐにイメージできる姿だから写真を見せられる意味がわからない。

写真を眺めて首を傾げていた朔は、「橘《たちばな》さんだ。綺麗な人だろう？」と言うヴィクトルの言葉に、「ええっ!?」と心底びっくりして顔を上げた。

「この人が？　普通の日本人サラリーマンに見えますけど」

「いいや、そうじゃないよ。これは仮の姿で、素のままの彼はとても綺麗だ」

僕にはわかる、とヴィクトルが自信満々に言う。

「まあ、確かに、僕のカグヤヒメみたいな華やかな美しさの持ち合わせはないけどね。彼の美しさは、喩《たと》えるなら野辺の花の健気《けなげ》な美しさだ。決して万人の目を引きはしないが、心惹《ひ》かれる者にとっては、その楚々《そそ》とした佇《たたず》まいがたまらないんだよ」

「……そうなんですかあ？」

写真をじっくり眺めてみたが、朔の目には、この地味なサラリーマンがヴィクトルがそこまで誉めるほどの美形にはどうしても見えない。

（でも、ヴィーちゃんは、この人が気に入ってるんだ）

朔は、ぶわっと湧き上がりかけた嫉妬《しっと》をぎゅうぎゅうと押し込めながら、にっこりとヴィクトルに微笑みかけた。

「では、この人が今回のアバンチュールのお相手だったんですか？」

「いや、それがね。ちょっと失敗しちゃって」

「失敗って？」

「見てわかるように、彼もそれなりの大人だから一夜の恋に理解があるはずだと思って誘ってみたんだが、どうも予想外の展開だったようでね。フリーズされてしまったんだ」

「フリーズ？」

旅先で一夜の恋人を口説く話は何度も聞かされたが、これははじめてのパターンだ。

「なんて言って誘ってみたんですか？」

「以前会って一目惚れしたから、できれば本国に連れ帰りたい。それが無理なら、一夜の恋人になってくださいって……」

（……一夜だけの恋を望んでたわけじゃないんだ）

朔は密かにむっとする。

一目惚れしたとかいうフレーズは今までにも何度か聞かされたことがあるが、本国に連れて帰りたいとまで言ったのははじめてじゃないだろうか？

「随分気に入ったんですね」

「そうだね。彼は気だてもよさそうだったから、僕のカグヤヒメのいい話し相手になってくれるんじゃないかとも思ったんだ」

「僕は別に話し相手なんていりませんよ。執事さんも、使用人のみんなもいるし……」

「うん。それはわかってるけど。――でも、ここ最近ずっと日本にいて、色々と思うところがあったんだよ」

元々日本贔屓だったヴィクトルは、今回日本に滞在する間にそれなりに日本語を体得し、日本にいる間は日本語オンリーで生活してみようと思い立って実行してみたのだそうだ。

「これが案外、大変で」

ヨーロッパ圏の言語は幼少時からの教育でネイティブに話せる程度の能力があって、世界のどこを回っていても特に不自由することはなかっただけに、覚えたてのぎこちない日本語にはけっこう苦労させられたのだそうだ。

「うまく意思の疎通が図れないことが、こんなにストレスになるとは思わなかったよ」

それで急に、異国で暮らしている朔のことが気にかかったのだとか。

「ネイティブで話せないっていうのは、けっこうストレスがたまるものなんだろう？」

「それは……最初の頃は確かにそうでしたけど、今は全然平気ですよ。僕の言葉、そんなに変じゃないでしょう？」

「うん、そうだね。とても綺麗に話せていると思うよ」

「よかった。――ヴィーちゃんの日本語はどんな感じなんですか？」

「んー？　そうだねぇ」

ヴィクトルは軽く天井を見上げてなにか考えているようだった。

しばらくして視線を朔に戻し、にっこり微笑んで口を開く。

『いつもオセワになってマス。ロシアのホウからキました、ヴィクトル・ゼレノイデス。どーぞよろしくオネガイしマス』

聞いた瞬間、朔は、ぷっと思わず吹きだしてしまう。

基本が日本のサラリーマン風口調な上に、あちこち発音がおかしい。

笑っちゃいけないと思うのに、ヴィクトルが妙に得意気な顔をしてしゃべるものだから、余計におかしくて我慢できない。

「そ、それは……。確かに意思の疎通には困るレベルかもしれないですね」

いかにもな外国人イントネーションはどうしたって笑いを誘う。

真面目な商談中にこの話し方をされた仕事相手に同情したくなるほどだ。

「そう？　『日本語、おジョーズですねー』って誉められてたんだけど」

「それは『社交辞令』か『おだて』ですよ」

「『オダテ』？　『ヨイショ』のこと？」

「また、変な日本語を覚えてきたものですね」

ぷぷっとまた堪えきれずに笑ってしまう。

ヴィクトルはそんな朔を、青い目を細めて眺めていた。

「そのレベルの日本語で口説いたのなら、スムーズに通じなかった可能性もありますね」

もしくは、あまりの調子っぱずれぶりがおかしくて、必死で笑いを堪えるあまりに固まってしまった可能性だってある。

「いいや、それはないよ。その前に三十分ぐらい雑談していたが、特に聞き返されることもなく、比較的スムーズに話ができていたから」

「そうなんですか？」

ビジネスの席でぎこちない日本語を使う商談相手に慣れているということだろうか？

「となると、場の雰囲気に合わない話題だったとか？　どういうシチュエーションで口説いてみたんですか？」

「商談の席だよ。橘さんは取引先企業の重役の秘書なんだ」

「ちょっ……。それって、パワハラとかセクハラとかに当たるんじゃありません？」

朔の指摘にヴィクトルは、「そうなんだよねぇ」と叱られた子供みたいに首を竦めた。

「最初に会った日に一目惚れして、次に会えたら絶対に口説くと決めていたものだから、ちょっと気が急いてしまってたんだよ。たまたま商談の席でふたりきりになる機会があったものだから、つい……ね」

ヴィクトルも自分の立場はちゃんと自覚しているらしく、表情から見てそれなりに反省しているようだ。

だから、とりあえずそれ以上そこを責めるのは止めてあげた。

「もうひとつ、一番基本的なことを聞いてもいいですか？」

「なに？」

「この人、ゲイなんですか？」

そっちの趣味がまったくない人が、ビジネスの席でいきなり取引先の大会社の重役にベッドに誘われたりしたらパニックに陥ってフリーズするのは当然なような気がする。

朔がそう指摘すると、ヴィクトルはまた肩を竦めた。

「調査した限り、彼のセクシャリティはわからなかったんだ」

「え？　わざわざ口説く相手の調査をしてるんですか？」

もちろん、とヴィクトルはあっさり頷く。

若い時分、一夜の恋人として口説いた相手に営利目的で誘拐されかかったことがあるとかで、遊ぶのは構わないが、最低限遊ぶ相手の背景に犯罪組織が絡んでないか確認してからにしてくれと、心配する弟に土下座する勢いで頼み込まれたのだとか。

（そっか。ヴィーちゃんって大金持ちだから……）

そういう警戒は必要なんだろう。

「セクシャリティがわからないのに口説くなんて度胸ありますね」

「う〜ん、そこらへんはね、彼の仕事の環境が特殊だから、きっと免疫があるに違いないと思い込んじゃってたんだよ」

言っている意味がわからず朔は首を傾げたが、「そこら辺の事情は、また後で説明するから」とヴィクトルに流された。

「まあ、とりあえずフリーズされてしまったわけだ。で、その後、席に戻ってきた彼の上司に彼を託して、その場から撤収したんだよ。で、後になってから、さっきカグヤヒメが指摘したみたいに、あれはセクハラだったかなぁって気になっちゃってね。お詫《わ》びを兼ねて、その会社との商談にも応じてあげたんだ」

「じゃあ、きっと彼も喜んだでしょうね」

「うん。そう思って、こっそり探らせてみたんだ。そしたら、なんと彼は会社をクビになっていたんだ。もうびっくりして、直接、彼の部屋に会いに行ったよ」

「……部屋に」

（住所まで調べてたんだ）

随分とご執心だ。

「見るからに萎《しお》れてて可哀想《かわいそう》だったよ。横領の罪でクビってことだったらしいんだけど、どうも誤解か濡れ衣だったみたいだな。――だから、もう一度誘ってみたんだ」

「一晩だけでも私のものになってくださいって？」

「いいや、そうじゃなく。できれば本国に連れて帰りたいと誘ったんだよ。彼が有能なのはわかってたからね。カグヤヒメの話し相手、兼、僕専属の秘書にするのも悪くないかなって思って」

本当にご執心だ。

朔は、再びぶわっと湧いてくる嫉妬を全力でぎゅうぎゅう押さえつける。

(もう、人の気も知らないで……)

日本にいた頃は、祖父の悪意に反応しないよう心を堅くしていたから、なにがあっても感情を動かさずにいられた。

でも、ここではそうはいかない。

ヴィクトルから与えられる優しさや幸福感をより味わうためにも、いつも心を柔らかな状態にしている。

そのせいもあって、ちょっとしたことでもぐらぐらと感情が揺れる。

大好きなヴィクトルに関することならなおさらで、それが恋敵ともなれば言うまでもない。

大きく揺れる自分の感情を表に出さないように抑えるだけでも、もう大変なのだ。

だからといって、調子よく話しているヴィクトルを遮ることなんてできない。

この本宅でヴィクトルに楽しい時間を過ごしてもらうことが、今の朔の一番の存在理由なのだから……。

「でも、今ここにいないってことは、断られたんですね」

「そう、断られた。それがちょうど二ヶ月前の出来事なんだ」

(二ヶ月前？　ってことは、前に帰ってきたとき妙に上の空だったのって……)

その橘とかいう秘書に振られたショックから立ち直ってなかったってことだろうか？

「……二ヶ月前、休暇の予定を繰り上げて日本に戻っちゃったのも、その橘さん絡みだったんですか？」

「うん。実はそうなんだ」

朔の気持ちも知らず、ヴィクトルはあっさり肯定する。

「前の調査で、彼が孤児だってことを知ってたからね。家族の支えもない状態で、汚名を着せられて職をなくしたんじゃさぞかし不安だろうと思って、我が社に引き抜けなくとも、取引先の日本企業に推薦することならできるんじゃないかと思ったんだ。それで日本に戻って調べてみたら、なんと彼はあっさり元の職場に復職していたよ」

「よかったじゃないですか」

「そこだけ見ればね。でも、それだけじゃなく、なんと引っ越しもしていたんだ」

「引っ越し？」

「そう、それも、橘さんが仕えていた上司の部屋にね。どうも、引っ越し業者の話だと、本人の許可なく荷物を運び出したらしい。彼は、半ば強制的に引っ越しさせられたんだよ」

「強制的に……。なんでそんなことになったんでしょうね？」

上司と一緒に暮らしたりしたら、公私共にこき使われてやたらと苦労しそうだ。

（汚名がそそがれたってわけじゃないとか？）

今後悪事を働かないよう近くにおいて見張るのが条件で、復職させたとか？

（っていうか、わざわざ一社員のためにそんなことまでする必要はないか）

首を傾げた朔があれこれ考えを巡らせていると、「僕は、その理由が知りたいんだ」とヴィクトルが言った。

「失職する原因になった汚職の疑いは晴れているが、それもなんだか無理矢理な理由づけがされていてどうにも不自然なんだ。それで、酷く心配になっちゃってね」

「そんなの、橘さん本人に聞いてみたらすぐにわかるでしょう？」

「それができればやってる」

「できないんですか？」

「彼の上司がことごとく邪魔をするんだよ」

仕事の席になら秘書を同行するだろうと思って誘っても、その上司はなぜか橘以外の秘書を同行してやってくる。

ワーカホリック気味の橘を捕まえるには会社の行き帰りしかないと考えても、同じ部屋で暮らしていることもあって、ふたりは一緒の車で通勤していてやはり会えない。

「考えすぎじゃないですか？　直接はっきり会わせてくれって言えば、案外すんなり会えたりするかもしれませんよ」

「それはもう試した。でも駄目だった」

「ガードが堅いんですね」

「……そうなんだよ」

しょんぼりとヴィクトルがうなだれる。

「ちょっと考えたんですけど……」

「なんだい？」

「ヴィーちゃんにはあまり嬉しくない話かもしれないけど、そのふたり、できてるってことはないんですか？」

男女ではないから可能性としては低いが、まったくないとも言えないはずだ。

そう考えれば、一緒に暮らすようになるのも当然だし、変なちょっかいを出してくる外国人の手から恋人をガードしようって気持ちもわかる。

朔がそう指摘すると、ヴィクトルはもの凄く嫌そうな顔をした。

「それはないよ。……万が一あったとしても、上司のほうは絶対に本気じゃない」

「断言しちゃうんですか」

「する。その上司、真性のゲイではあるんだが、その性的な嗜好がまともじゃないんだ」

「どんな風に？」

「未成年好きで、十代の少年を金で買うような最低男だ」

橘のことを調べるとき、ついでに仕えている上司のことも調べてみたら、過去の悪事が大量にざっくざく出たのだとか……。

「それは、ちょっと……」

ろくでなしですね、と朔が言うと、そうなんだ、とヴィクトルが力強く頷く。

「橘さんは二十代後半だから、その上司の守備範囲からは完全に外れてる。だから、手は出されてないとは思うんだが……。――万が一、そういう事態になっていたんだとしたら、それは僕のせいだ」

「そんな……考えすぎじゃないですか？」

「いや、そうじゃない。その上司は、この僕が橘さんに特別な興味を持ったのを知っている。橘さんを誘った商談の場に彼もいたからね。そのせいで、どんな感じか確かめてやろうと、本来は首尾範囲外の彼に興味半分でちょっかいを出しているのかもしれない。彼を自分の手元に囲い込んで、いずれは僕との交渉の切り札に仕立て上げようとしている可能性だってあるんだ。……橘さんは、とてもピュアな人なんだよ。もしも、僕の失策のせいで辛い目に遭ってるとしたら……」

それを思うと苦しくてたまらないと、ヴィクトルは本当に辛そうに眉間《みけん》に皺《しわ》を寄せる。

（本気でご執心なんだな）

自分以外の人に心を向けているヴィクトルを見るのは辛い。

だからといって、苦しんでいるヴィクトルから目をそらすなんてこともできない。

「……それで、僕になにをオネガイしたいんですか？」

「日本に行って欲しいんだ」

「日本に？　どうして？」

「橘さんと友達になって欲しいんだよ」

調査会社に頼んでも、本当のところはどうしてもわからない。

だからもう、本人に直接聞くしかないとヴィクトルは考えているようだ。

とはいえ、外国人である自分が橘の周囲をうろついていては、どうしても目立ってしまってすぐに彼の上司の知るところとなってしまう。

「そこで君の出番だ」

「僕の？　……僕が日本で目立たないと思います？」

「目立たないさ。君は元々、日本人なんだから」

あっさりそう言われて、朔は密かに心の中で溜め息をついた。

(目立つと思うけどなぁ)

祖父の連れ合いだった女性の家系には異国の血が入っていて、朔の身体にも八分の一ほどその血が受け継がれている。

朔の華やかな顔立ちや大きな鳶色の目、そして白い肌は、その異国の血がもたらしたものであって、純粋な日本人のそれとは微妙に違う。

そのせいもあって、日本にいた頃から、朔は常に注目の的になっていた。

それに加えて、今では腰に届くほどに髪を伸ばしてしまっている。

日本に戻れば、さあ見てくれと言わんばかりに目立つに違いない。

(ヴィーちゃん、やっぱりわかってなかったんだ)

彫りの深い顔立ちの国に生まれた人の目から見れば、八分の一程度の違いなど、さして気にならないのかもしれない。

カグヤヒメだなんて純和風の伝説の姫君の名前で呼ぶのも、朔の外見が和風のそれであると思っているせいなんだろう。

日本人の目には西洋のアンティークドール風に喩えられるこの顔立ちも、ヴィクトルの目にはきっと市松人形風に見えているのだ。

「橘さんと友達になるための策はすでにあるんだ。君が外出を好まないことはよく知ってるつもりだ。——でも、今回だけ特別にオネガイできないかな?」

(オネガイ……か)

そんな風に言われてしまっては、『ヴィーちゃんのオネガイならなんでも叶えてあげたい病』の朔に断れるわけがない。

朔は、ヴィクトルの嬉しそうな顔を見るためだけに頷いていた。

(万が一、不安が的中したら、ヴィーちゃんはどうする気なんだろう)

ヴィクトルがご機嫌でバスルームに消えた後、朔は切り子のグラスを手の中でもてあそびながら、ひとり憂鬱な気分になった。

生き人形として売られかかっていた朔の噂を聞いてわざわざ助けにきてくれたぐらいなんだから、きっと橘をそのままほうって置くような真似はしないだろう。

今の状況からなんとかして引き離して、きっと自分の手元に置いて守ろうとするはずだ。

(……秘書として？)

となると、橘は仕事の間中ヴィクトルと一緒にいることになる。

休暇のときにしか会えない自分より、ずっと長い時間を共に過ごすことになるのだろう。

(嫌だな)

ぶわっと嫉妬心が湧いてくる。

朔は、胸が焼けるその思いを、今度は無理に押さえ込まずに味わった。

(今から慣れておかなきゃ)

もしかしたら、全部ヴィクトルの勘違いってこともある。

だが、不安が的中する可能性だってあるのだ。

万が一を考えて、その日が来たときに不様に狼狽えたりしないよう、最悪の事態を想定しておく必要があった。

(たとえ橘って人を側に置くことになったとしても、ヴィーちゃんが彼ひとりを愛するようになるわけじゃないんだから……)

そのせいで、自分がお払い箱になるということにはならないだろう。

ヴィクトルは手に入れたコレクションに、等分の愛情を注いでいるのだから……。

朔は、手に持っていたグラスを口元に当て、ぐいっと中身を飲み干した。

ヴィクトルの留守中、夕食のときに使用人達と一緒に飲んだりもするから、お酒はけっこう飲み慣れている。

いつも飲んでいるお酒に比べてアルコール度数が低くて飲みやすいぐらいだ。

(……日本酒ってちょっと甘いんだ)

グラスの縁から零れた雫が指につく。

ちょっとベタベタして気持ち悪い。それを行儀悪くぺろっと舐め取ってから、ワインクーラーに差さっている日本酒の瓶を取り出してもう一杯注いだ。

今回聞いた話の中で、唯一朔が嬉しかったことは、橘という人の年齢が二十代後半だということぐらいだ。

(それなら、僕もあと十年は大丈夫だ)

ヴィクトルは、どちらかというと年若く、少年っぽい雰囲気の男性が好みだと思っていたのだが、橘の写真を見た限りではどうやら違っていたようだ。

二十代後半でも全然守備範囲内だというのならば、朔もまだまだ長くヴィクトルに可愛がってもらえるはず。

案外、これから先の年齢のほうがヴィクトルの好みにはあっているのかもしれない。

年齢を重ねてヴィクトル好みの容姿じゃなくなることを恐れていた朔にとって、これは朗報だった。

一年でも、一日でも長く、その腕の中で愛でて可愛がってもらいたいから……。

(負けるもんか)

橘にも、これからヴィクトルが出会うであろう一夜の恋人達にも……。

——僕のカグヤヒメが、一番綺麗で可愛いよ。

不本意ではあっても、僕の一番というその称号は誰にも渡さない。

決意も新たに、朔はまたぐいっとグラスを傾ける。

と、そのとき、ガチャッとドアが開いて、バスルームからガウン姿のヴィクトルが戻ってきた。

『おっ、これはこれは、いー飲みっプリですねー』

いかにもなサラリーマンの接待風の口調で、ヴィクトルが朔をからかう。

「もう、変な日本語覚えてきて」

ヴィクトルの顔を見た瞬間、憂鬱な気分はふわっと晴れる。

朔は、ヴィクトルの奇妙な日本語に、ぷぷっと笑っていた。

――鍵を開けておいてくださいね。

もしくは、鍵を開けておくからね、と耳元で囁くのが、はじめての夜以来のふたりの夜這いの合図だ。

お土産の日本酒が空になった後、テーブルの上を片づけにきたメイド達と入れ替わりに、朔は合図を送ってからヴィクトルの部屋を出た。

全身綺麗に洗って愛されるための準備をしっかり整えてから、忍び足で廊下を歩きヴィクトルの元にまた戻る。

（別にこっそりすることもないんだけど……）

それでも忍び足になってしまうのは、夜這いのお約束というか、様式美みたいなものだ。

ヴィクトルの私室に入り、いつものように内側からしっかり鍵をかけてから、部屋を突っ切って寝室のドアをこっそり開ける。

「ヴィーちゃん？」

いつもは、この段階でヴィクトルが両手を広げて迎え入れてくれるのだが、この夜は違っていた。

ベッドサイドの灯りだけがついた仄暗《ほのぐら》い部屋の中、ヴィクトルはベッドに横たわったまま起き上がろうともしない。

（……寝ちゃったのかな？）

そうっと足音を忍ばせてベッドサイドに歩み寄ると、案の定ヴィクトルは枕元に写真集を置いたまま、気持ちよさそうに寝息をたてていた。

予告しておいたのに、ヴィクトルはそんなに楽しみじゃなかったのかなと、ちょっとむっとしたが、安らかに眠るその顔を眺めているうちに気持ちが穏やかになってくる。

（起こしたら可哀想か）

長時間のフライトで疲れているのだろう。

このまま自室に帰るのも嫌なので、しょうがないかとヴィクトルを起こさないようそうっとベッドに潜り込む。

（側にいられるだけでもいいや）

朔は頬杖《ほおづえ》をついて、穏やかに眠るヴィクトルの顔を微笑んで眺める。

秀でた額に白い頬、長い睫毛《まつげ》が灯りを反射してきらきらしている。

「……幸せ」

この二ヶ月、ずっとヴィクトルに会いたかった。

ヴィクトルが恋しくて恋しくて仕方なかった。

体温を感じられるこの距離にいられることが、なにより朔は嬉しい。

飽きもせず眠るヴィクトルの顔に見とれていると、「……ん」とその顔がわずかに歪《ゆが》んだ。

「……カグヤヒメ？」

目を閉じたままのヴィクトルの右手が、ふっと宙に差し伸べられる。

「はい。僕、ここにいます」

朔が慌ててその手を取ると、「よかった。捜したんだよ」とヴィクトルの顔に安堵の色が広がる。

そしてまた、その唇からは穏やかな寝息が零れた。

（……寝言？）

ということはつまり今、ヴィクトルの夢の中には自分も一緒にいるのだろうか？

（それって、なんだか凄く素敵だな）

朔は微笑むと、夢の中に届けと祈りを込めて、そうっとヴィクトルの唇に触れるだけのキスをした。

3

朔が日本に渡ったのは早春、三月に入ったばかりのことだった。

ここで暮らすようにと連れてこられたのは、ヴィクトルが購入したての純和風の平屋の古い一軒屋だ。

かつて住んでいた祖父の屋敷に比べれば全然小さいが、それでも日本においてはかなり敷地が広いほうで、こぢんまりとした品のいい家屋を守るようにして、広い見事な庭が包み込むように広がっている。

(ヴィーちゃんが好きそうな家だな)

昔懐かしい日本の家。

アルミのサッシなんて無粋なものは使っておらず、すべてが木で作り上げられている。

ヴィクトルから家の管理を委託《いたく》されている人が、通いで掃除や炊事をしてくれることが決まっているとかで、その点では不自由がないようだが、庭の手入れのほうは朔が自分でやらないといけないらしい。

どうやらヴィクトルは、朔が庭師の手伝いをよくしていることを執事から聞いて、朔の最近のマイブームが園芸だと勘違いしているようだ。

思う存分趣味に励んでいいからねと言われて、朔は苦笑してしまった。

（ロシアと日本じゃ、植物層からして全然違うのにな）

ついでにいうと庭師の手伝いをしていたのは、あくまでも未来を見据えて庭仕事の手順を覚えるためであってマイブームなんて趣味っぽい理由ではない。

（でも、まあ、いっか）

どうせ暇なのだから、やることがないよりもあったほうがいい。

「まず僕は、この庭で橘さんが通りかかるのを待てばいいんですね」

自分がここに連れられてきた一番の目的を確認すると、そうだよとヴィクトルは頷いた。

ヴィクトルが調べさせたところによると、この近所のマンションに橘聡巳《さとみ》は暮らしていて、休日の早朝にひとりで散歩する習慣があるらしい。

この家は、ちょうどそのルートに当たるのだ。

だから朔は、その時間帯に庭に出て彼が通りかかるのを待ち、こちらから話しかけてなんとか親しくならなければならない。

「警戒されませんか？」

「僕のカグヤヒメなら大丈夫。誰だってすぐに君を好きになるよ」

（そううまくいけばいいけど……）

ヴィクトルの心を鷲《わし》づかみにしている橘に好感情は抱けずにいるが、ヴィクトルの期待には応《こた》えたいから、ここは頑張るしかない。

なんとか親しくなって、橘本人の口から、ヴィクトルを悩ませているこの事態の真相を聞き出すのだ。

「ああ、そうだ。ひとつだけ注意しておくよ」

「なんですか？」

「危ないから、橘さんの上司には絶対に近づかないように」

確か写真は見せたよねと言われて、見ましたと朔は頷いた。

没個性の典型的サラリーマンである橘と違って、風間仁志《かざまひとし》というその上司は、なかなかに派手でハンサムな顔立ちをしているから、会えばすぐにわかる。

「危ないって……。僕とヴィーちゃんの関係を知ってるってことですか？」

「いや、そうじゃない。未成年好きのろくでなしに、僕のカグヤヒメがつきまとわれるようになったらいけないからだよ」

「つきまとわれるって……。僕、もう二十歳すぎてるんですよ。そのろくでなしの守備範囲は超えてるから大丈夫です」

「いや、それはわからないよ。僕のカグヤヒメの可愛さは天下一品の特別製だからね」

あいつを見かけたらすぐに隠れるんだよと真顔で言われて、大袈裟《おおげさ》ですよと朔は笑った。

でも内心まんざらでもない。

（僕のことも、ちゃんと心配してくれるんだ）

大切に思われているのはとても嬉しい。

「ヴィーちゃんもここで暮らすんですよね？」

すっかりご機嫌になった朔は、こういう小さな家にふたりだけで暮らせるなんて素敵だと浮き浮きして聞いた。

だが、ヴィクトルは首を横に振る。

「僕は橘さんに顔を覚えられているし目立つから、日本にいる間は、ここじゃなくホテル住まいになるよ」

「そう……なんですか」

がっくりした朔に、ヴィクトルは屈み込んでその頬にキスをする。

「でも、夜陰に紛れて、こっそりヨバイに来るから……」

そのときは快く迎えてくれるねと聞かれて、朔は、はいと力強く頷いた。

☆

（やっぱり僕、日本人なんだなぁ）

数年ぶりに日本に来て、懐かしいと感じている自分が不思議だった。

いい思い出なんかひとつもない国だったのに、それでもやっぱり懐かしい。

湿度の高い空気の感覚や、雨上がりの土の香り、肌に触れる早春の風の柔らかさ。

それらすべてを身体が覚えているのだろう。

朔をこの家に連れてきた直後、ヴィクトルはヨーロッパに仕事で旅立って行ってしまった。

（ひとりなんて寂しい）

ロシアの本宅ならば、執事や使用人達がいたし、いつも側にはウロチョロと桃太郎もいた。

ここでは通いのお手伝いさんが来てくれているが、どうやら寡黙な質《たち》らしく朔とはほとんど話をしてはくれない。

（お祖父さまの離れにいた頃は、ひとりでも平気だったんだけどな）

孤独を忘れるほどに、今の自分が恵まれているのだと改めて実感する。

休日の早朝、人恋しさにしょんぼりしゃがみこみながら、朔は黙々と庭の雑草退治に精を出していた。

早朝とはいえ、念のために長い髪は三つ編みにして首に巻き付け、麦わら帽子を被って日焼け対策を取っている。

もちろん、ちらちらと、家の前の歩道に注意を払うのも忘れない。

（今日も来ないのかな）

ヴィクトルから見せてもらった調査書によると、橘は休日に必ず姿を現すというわけでもないらしい。

土曜日だけだったり日曜日だけだったり、ときには散歩しないときもあるのだとか……。

（先週も空振りだったし、簡単に会えるとは思わずにいたほうがいいかもしれない）

むしった雑草をポリ袋に入れて、よいしょと立ち上がる。

ちょっとずれた麦わら帽子を直して、ふと歩道のほうを見ると、大人の胸の下あたりまである生垣の向こうから、庭を覗き込んでいる人がいる。

奥二重の切れ長の目、柔らかな輪郭の顔を覆う髪はさらさらの黒髪、風にふわっと揺れる大きめのシャツを着た青年だった。

（あの人は違うな）

純和風でアクの少ない顔立ちは、よく見るとそつなく整っていて優しげで好感度が高い。お堅そうな没個性のサラリーマンとは雰囲気からして違う。

「おはようございます。お散歩ですか？」

人恋しかった朔は、その青年に声をかけてみた。

「あ、はい」

青年は、朔の顔に目を止めると、びくっとして瞬間動きを止めた。

（ほらね。やっぱり、日本でも目立つんだって……）

かつて日本にいた頃から、この人形のような顔のせいで通りすがりの歩行者によくそういう反応を見せられていたから、もう慣れっこだ。

朔が気にせず微笑みかけると、青年も動きを取り戻してふわりと微笑む。

「勝手に覗いちゃってたけど、大丈夫？」

「はい、もちろん。この家の前庭の花達は、どうやら歩行者の皆さんの目を楽しませるために植えられているみたいですから」

そのために生垣も庭を覗ける高さにしてあるみたいですと言う朔の言葉に、青年は軽く首を傾げた。

「君はこの家の人じゃないのかな？　確か先月くらいまで、ここには仲睦《なかむつ》まじい老夫婦が住んでいたはずなんだけど」

もしかして親戚？　と問われて首を横にふる。

「いいえ。新しくこの家の家主になった方に管理を任されている者です」

「ということは、あの老夫婦は？」

顔色を曇らせた青年に、大丈夫ですよと微笑みかけた。

「息子さん夫婦に誘われて、もっと空気の綺麗な土地に引っ越していかれただけです。お元気だと伺っています」

老夫婦は長年愛してきたこの家を壊すのが忍びないと、このままの形で大切にしてくれる人に譲りたいと願っていたのだそうだ。

とはいえ、そこそこ広い敷地だけに、購入希望者は建物を壊してマンション等を建てたいと希望する業者ばかり。

ほとほと困っていたところに、この屋敷と庭に一目惚れしたヴィクトルが購入を希望して、トントン拍子で話が決まったらしい。

朔が日本に来るまでに間があったのは、老夫婦の引っ越しが終わって、この屋敷が使えるようになるのを待っていたからなのだ。

「お知り合いだったんでしょうか？」

「いや、通りすがりにここの庭に和ませてもらってただけだよ」

「それなら、中に入ってもっとよく見てみませんか？」

屋敷を囲うようにして作られたこの前庭には、人々の目を楽しませる色鮮やかな花々が植えられている。

だが屋敷奥には、一本の大きな欅《けやき》の木を中央に配したもっと広い庭があり、そこにはどちらかというと素朴で目立たない野の花系の花々が植えられていて、これがなかなか風情があっていい感じなのだ。

（なにしろ、あのヴィーちゃんが気に入ったぐらいだし……）

朔は自信満々で、青年を誘った。

「それなら、お言葉に甘えようかな」

青年は生垣を辿《たど》って門扉から屋敷内へと入ってくる。

「実は、以前からここの庭をもっと近くで見てみたかったんだ」

「花がお好きなんですね」

うん、そうだね、と頷きながら、青年はもっとよく花を見ようとしてか、シャツの胸ポケットに差していた眼鏡を取ってかけた。

(うわあ、不格好な眼鏡)

銀縁のいかにもな秀才くん眼鏡は、優しげな顔立ちの青年には酷く似合わない。

もっといい眼鏡がいくらでもありそうなのにと思いながら、眼鏡をかけた青年の顔を見ていた朔は、はっと気づいた。

(この人、橘さんだ！)

あの写真で見た、典型的な没個性のサラリーマン。

きっちり固められていた髪をさらりとさせて、ラフなシャツ姿に着替えて眼鏡を外しただけだというのに、まるで別人だ。

(ヴィーちゃん、凄いっ!!)

あの没個性のサラリーマン姿から、この好感度の高い優しげな青年の姿を透かし見るとは、なんたる審美眼。

朔は、改めてヴィクトルの見る目の確かさに感心して、ちょっと興奮してしまった。

「ああ、そっちの白く煙っているように見えたのは雪柳だったんだ」

「まだほとんど蕾《つぼみ》ですけれどね。見頃になるのが楽しみです。――奥の庭に見えるあの大きな丸坊主の木は欅で、芽吹いて黄緑色の葉をつけると、それはもう綺麗なんだそうですよ」

樹齢三百年ほどだと言われている見事なもので、その欅を保護し観賞して楽しむために、この家は建てられたのだとか……。

「っと……。ここら辺をずっと散歩してらっしゃったんなら、当然あの欅も見知ってますよね？」

「いや、知らないんだ。俺が散歩するようになった頃には、もう落葉しかかっていたから葉をつけるのが楽しみだな、と、橘が欅の木を見上げて微笑む。

（……やっぱり、ヴィーちゃんは凄いな）

見た目だけじゃなく、話してみても実に感じがいい人だ。

見知らぬ人だったときは平気で嫉妬できていたのに、本人をこうして目の前にしてしまうと、そういう負の感情を感じるのがなんだか申し訳ない気分にすらなる。

なかなか複雑な心境だ。

朔は、橘と並んで庭をゆっくり眺め歩きながら、こっそりと溜め息をついた。

「君の名前を聞いてもいいかな？」

しばしの沈黙の後、橘が話しかけてきた。

朔は気を取り直し、「僕のことは、麦《むぎ》と呼んでください」と告げてみた。

「むぎ……くん？」

「はい。麦わら帽子の麦です」

あだ名なんです、と被った麦わら帽子を指差しながら、朔はぺろっと嘘をつく。

「あなたのことは、銀《ぎん》さんと呼んでもいいですか？」

「ぎん？　ああ、銀縁眼鏡の銀か」

いいよ、と人差し指で眼鏡を押し上げながら、橘は楽しげに微笑んだ。

（よし、うまくいった。――執事さん、第一段階クリアです！）

朔は橘に見えないところで、ぐっと拳《こぶし》を握る。

橘と仲良くなって情報を引き出してくれと頼まれたものの、自分に本当にそんなことができるかどうか不安だったのだ。

僕のカグヤヒメなら大丈夫と、ヴィクトルは根拠のない自信を持っているようだが、現実はそんなに甘くないような気がする。

だから、ヴィクトルよりも世慣れている執事に事情を話して相談してみた。

『それは、ちょっと難しいかもしれませんね』

話を聞いた執事も、朔と同じ意見だった。

仲良くなる程度で情報が引き出せるぐらいなら、ヴィクトルが依頼している調査会社がとっくに成果を上げているはずだと執事は言う。

昨日今日親しくなった相手に、仕事絡みの深刻なトラブルの話をする人はいない。

かといって、長期間つき合いのある親しい人相手にも話さない場合もある。

相手が親しければ親しいほど、自らのトラブルに巻き込むのを恐れる人もいるからだ。

『その人は秘書という仕事をしているのでしょう？　情報漏洩《ろうえい》に関してのモラルは、通常よりずっと厳しいはずですよ』

だから難しいはずです、と執事は言い、ただし、と続けた。

『気心の知れた他人になら、愚痴ぐらいは零すかもしれません』

名前や勤務先の会社の社名、そして現住所。

その手の具体的な個人情報を一切知られていない人と意気投合して、ついうっかり口を滑らすことならばあるかもしれない。

『私も、酒場で隣り合って意気投合した他人に、ついうっかり愚痴を零したことがありましたから』

まだ若かった頃の失敗ですが、と執事は照れくさそうに自分の経験談を語ってくれた。

朔は、その教えを実行してみることにしたのだ。

「この庭、麦くんがひとりで手入れしてるのかな？」

「そうです――と、威張ってみたいところですが、残念ながら、庭を任されてまだ一週間程度の新米なんです」

この家の元の主であった老夫婦が手帳に書き残していってくれた庭の手入れのノウハウを読んでいる最中で、まだ全然たいした手入れはしていない。

「植えられている花の名前も、この手帳に全部書いてあるんですよ」

老夫婦が残していってくれた手書きの分厚い革表紙の手帳を、エプロンの大きなポケットから出して開くと、橘は興味津々といった態《てい》で覗き込んできた。

「素晴らしい達筆だな。絵も綺麗だ」

ちょっと読ませてもらってもいいかな？　と聞かれた朔は、どうぞどうぞと頷いて、これ幸いと奥の庭に面した縁側に橘を誘った。

縁側に腰かけ、さっそく手帳を読み耽《ふけ》り出した橘のために、台所に行っていそいそとお茶も淹《い》れてみる。

「どうぞ」

「あ、ありがとう。なんだか気を使わせちゃって悪いね」

茶托《ちゃたく》に置いた茶碗をそうっと橘の脇に置くと、橘は恐縮したように言った。

「いいえ。僕、日本に戻ったばかりで、こっちにはまだ全然知り合いもいないし、誰とも話せなくてちょっと寂しい思いをしてたんですよ。だからお客さんは大歓迎です」

「それならいいけど……。以前はどこに？」

「家の都合でロシアのほうに……。かれこれ六年は向こうにいたんで、もう浦島太郎状態なんです」

近場に知人が一切いないことをアピールするというのも、執事の入れ知恵だ。

うっかり口を滑らせても、ここから先に情報が拡散する危険性が低いと思わせるのも有効かもしれないと……。

「へえ、ロシアか……」

なんとなく浮世離れした雰囲気はそのせいかな、と橘が呟く。

「どうでしょう？　——それより、その手帳、面白いでしょう？」

「うん。このまま本にしてもよさそうな感じだね」

お正月からはじまって、日々の庭仕事をまるで交換日記でもあるかのように、老夫婦ふたりで交互に、そして丹念に描き込んである。

旦那さんのほうは几帳面《きちょうめん》に庭の様子やその作業の手順を文章として書き記し、奥さんのほうはまるでエッセイのような優しい文面に簡単なスケッチを添えて見頃を迎えた植物のことを書いていた。

読んでいるだけで、この庭の四季の様子がリアルに伝わってきて、日々変化していく庭への期待も高まるというものだ。

「庭がある家っていいな」

橘はお茶を手にとって飲みながら、庭の様子に目を向けた。

その視線の先には、咲いたばかりの水仙の群生が風に揺れている。

「銀さんはマンション暮らしですか？」

橘が上司の住む高層マンションで暮らしていることは知っていたが、そらっとぼけて聞いてみた。

「うん、そうなんだ。マンションのベランダに大きめのプランターを置いて、そこに花を植えているんだけど、いまいち思ったように育ってくれなくて……。花壇の土に同じ花を植えたときより、茎も花も一回り小さいような気がするんだよね」

昔見た花を記憶の中で美化しちゃってるのかもしれないけど、と橘はなぜかはにかんだような微笑みを見せる。

「この家にもある花ですか？」

「いや、この手帳をざっと見た限りじゃ植えられてないみたいだね」

「なんだったら、試しに株分けして家の庭に植えてみませんか？」

「え、いいの？」

「なるべく今の植生を変えないようにって言われてるけど、花のひとつやふたつ増えても平気ですよ」

減らすよりマシですからねと言うと、外見のわりに麦くんは大雑把なんだねぇと、橘は微笑んだ。

ふたりして縁側でお茶を飲みつつ、まったり三十分ほど話をした。

帰り際、また遊びに来てくださいねと庭の花を少し切ってプレゼントしたら、橘はとても喜んでくれた。

そして一週間後、美味《おい》しいお茶と綺麗な花のお礼だと、橘は律儀に和菓子を持って現れた。

ふたりしてまたまったり縁側でお茶をすすりながら、和菓子をつまんで庭を眺めつつ話をする。

「麦くん、この間の花を株分けして植える話だけど、甘えちゃってもいいかな？」

調べてみたら、ちょうど今の季節に植え替えるのがベストみたいなんだと橘が言う。

もちろん、と朔は頷く。

いずれ朔はロシアの本宅に戻ることになるけれど、この家自体はヴィクトルの所有物なのだから、今後管理を任される人にその旨を申し送りすれば問題ない。

家主であるヴィクトルも、お気に入りの橘の願いなら喜んで叶えてくれるだろう。

そして次の週末に、橘は和菓子と株分けした苗《なえ》を持って現れた。

その苗の銀白色の葉に見覚えがなかった朔が、これはなんという名の花かと聞くと、ユリオプスデージーだよと答えが返ってくる。

「冬から春にかけて、マーガレットみたいな形の黄色の花がいっぱい咲くんだ。多年草で年々大きくなるから、植える場所を間違えると、ちょっと大変なことになるかも」

「う〜ん。けっこう目立つ色の花みたいだし、前庭に植えてみましょうか。門脇のところは夏の花ばっかり植えられてるから冬場はちょっと寂しいし、歩道から見えるところに植えたら、通りすがりに成長具合も確認できるでしょう？」


老夫婦の手帳を参考に、ちょうど花壇の空いているところにふたりして苗を植える。

その後はやっぱり橘が持ってきてくれた和菓子をつまみつつ、縁側でお茶を飲んでまったりおしゃべり。


（いい人だなぁ）


初対面から好感度が高いと感じてはいたが、話せば話すほど朔は橘が好きになった。

年下の朔に対して偉ぶった様子を見せることはないし、親しさと図々しさをはき違えるようなこともなく、節度のあるその態度はとても好感度が高い。

すっかり恒例になってしまったまったりお茶タイムのとき、会話が途切れてふたりしてぼんやり庭を眺めることもあるのだけれど、そんなときにも変に気遣うこともなく一緒に沈黙の時間を楽しむことができる。

まったく擦れたところのない清廉な人だと感じた。


（ヴィーちゃんに誘われてフリーズしちゃったのも、こうしてみるとなんかわかるな）

この人は、一夜のアバンチュールを楽しめるようなタイプの人間じゃない。

ヴィクトルのように気楽に人生を楽しむことはせず、もっと真剣に人生に向き合っている。

もう一度、一夜の恋を誘うチャンスが巡ってきたとしても、ヴィクトルの願いは叶わないような予感がした。

もし誘いを受け入れたとしたら、それは橘がヴィクトルに対して真剣になったときだろう。

そのときには、自分と同じ辛さと悲しさを持つ人が、もうひとり増えることになる。

(もしもそうなったら、きっと、辛いだろうな)

この人も、そして自分も……。

考えるだけでなんだか悲しくなってきて、朔は慌ててその思考を遮った。

今は、ヴィクトルの依頼を果たすことにのみ集中すべきだ。

まだ作戦は第一段階。

仲良くなった後、ここからが難しいだろうと、執事も言っていた。

ズバリ聞くわけにはいかないから、遠回しになんとか今の状況を吐かせるしかない。

(う〜ん、いっそのこと、同居のお誘いでもしてみるかな)

庭も気に入ってくれたようだし、部屋も余ってるから引っ越してこないかと誘ってみたらどうだろう？

ヴィクトルの想像通りだったら、彼の自由意思で引っ越しすることはできないはずだから断ってくるはず。

断られた理由を、根掘り葉掘り聞くことで、目的が達成できはしないか？

（そううまくいかないかなぁ）

はぐらかされておしまいになりそうな気がする……などとぼんやり庭を眺めて考え込んでいると、やはりぼんやり庭を眺めていた橘が「あのユリオプスデージーね」と、唐突に口に開いた。

「初恋の思い出の花なんだ」

「初恋……ですか。世間じゃ叶わないものだって言われてる、アレですね」

「そう、アレだよ」

（僕の初恋は、一応は叶ったってことになるのかな？）

唯一無二にはなれなくとも、今のところ一番の恋人になれているのだから……。

少し寂しい気持ちでそんなことを思う。

「銀さんのその初恋は叶ったんですか？」

朔のストレートな問いに、「そうだね」と橘は幸せそうな微笑みを浮かべてすんなり頷く。

「いま一緒に暮らしてるから、初恋が叶ったことになるな」

「ええっ!!」

橘の言葉に、朔はびっくりしてその顔を食い入るようにして見た。

「ほ、本当ですか⁉」

「本当だよ」

そんなに驚くことかなぁ？　と橘は怪訝《けげん》そうだったが、朔にはもはや気遣う余裕もない。

（ってことは、例の未成年好きのろくでなし上司が橘さんの恋人だってこと？）

混乱しつつも一番最初に浮かんだのは、そいつが相手で大丈夫なのか⁉　という純粋に橘を心配する気持ちだった。

「銀さん！　その初恋話、もっとよく聞かせてください！」

我慢できずに、朔はずいっと橘に迫る。

「そんな……他人の恋バナなんて聞いたって面白くないよ」

「面白くなくてもいいから！」

ずいずいっとなおも迫ると、仕方ないなぁと、橘はけっこうあっさり白状してくれた。

もしかしたら、誰かに惚気《のろけ》たいだけだったのかもしれないけど……

恋のはじまりは、幼い頃に両親が亡くなって引き取られた施設でのこと。

そこでユリオプスデージー絡みで優しくしてくれた子に恋をした橘は、成長した後、その子の役に立ちたいと願って同じ会社に就職したのだそうだ。

一方、橘が恋した相手も、ほぼ同時期に橘に一目惚れをする。

橘が現実の相手を追いかけていたのとは違い、相手のほうは初恋の君の幼い面影だけを追いかけ続けていたせいもあって、同じ職場で働きながらもふたりの想いはすれ違い続けていたのだとか……。

それがひょんな出来事から、互いの想いが二十年ぶりにやっと交錯。

そして今、初恋を実らせたふたりは一緒に暮らしている。

恋した相手の性別を上手に誤魔化しながら、橘はそんな話を語ってくれた。

（そっか。上司が未成年好きだったのは、初恋の相手の面影を追ってたからか……）

彼の心の中で、初恋の相手は成長しないまま。

そのせいもあって、現実で成長しきった橘と共にいても、なかなかイコールで繋がらなかったのだろう。

（それなら、大丈夫なのかな？）

まだ子供だった初恋の相手の面影から卒業して、現実の初恋の相手に恋をしなおしたのならば、未成年者に対する執着も消えているはず。

念のために「いま幸せですか？」と確認してみたら、「もちろん」と迷いのない答えが返ってきた。

はにかんだように微笑むその顔は、朔よりずっと年上なのにとても可愛く感じられる。

（ちゃんとうまくいってるんだ）

幸せそうなその顔がなんだかやけに眩しくって、朔は目をそらした。

こうなってしまうと、その上司ががっちり橘をガードして、ヴィクトルと接触させないようにしている理由もすんなり理解できる。

(つまり、大事な恋人にちょっかい出してくる遊び人を排除しているだけってことか)

ヴィクトルがあれやこれや心配していたけど、それすべてが邪推でしかなく、恋するふたりにとっては余計なお世話。

むしろ、ヴィクトルこそが、お邪魔虫だったってことになる。

(あらら、なんか拍子抜け……)

さて、なんと報告したらいいものか……。

ご馳走様《ちそうさま》でした、と橘の惚気話にお礼を言いながら、朔は密かに悩んでいた。


お気に入りの橘には本気で愛している恋人がいて、自分がちょっかいを出す隙がこれっぽっちもないと知ったら、ヴィクトルはきっとがっかりするはずだ。

(ヴィーちゃんががっかりする姿は見たくないんだけど……)

見ているこっちまで、悲しくなるから。

それと同時に、これでライバルが減ったと嬉しく思っている自分もいる。

朔は複雑な気持ちを抱えながら、出張からヴィクトルが戻ってきたら、どうやって説明しようかとずっと悩んでいた。

最初、ヴィクトルは出張先から直接日本に来る予定だったのだが、突然予定を変更して、ロシアの本宅に寄ってから来ることになっている。

ごめんとヴィクトルから謝られたが、懸案事項を抱えた今回ばかりは、猶予ができてちょっとほっとしてしまった。

それでも、やはりヴィクトルが来る日は、朝から酷《ひど》く緊張した。

夜になって、「ヨバイに来たよ」とインターフォンからヴィクトルの声を聞いたときも、やはりまだ緊張したままだったのだけど……。

ヴィクトルのために装った和服姿で、朔《さく》は門まで出迎えに行った。

「お土産《みやげ》を連れてきた」

そういうヴィクトルの傍らには、艶々《つやつや》した金色の毛並みのボルゾイ、桃太郎《ももたろう》の姿がある。

朔は、一瞬なにもかもを忘れて歓喜の声をあげてしまっていた。

「モモっ!!」

普段滅多に鳴かない桃太郎も、朔に答えるように「うわん」と嬉しそうに大きな声で鳴いて、朔にじゃれついてくる。

「よく来たね！　いい子だ。元気だった？」

桃太郎は尻尾をぶんぶんと振りながら、朔によじ登るようにして肩に前足を置き、ぺろぺろと朔の顔を舐《な》めまくった。

「ちょっ、モモ、重いよ。ちょっと落ち着いて」

大きな桃太郎にのしかかられてよろめきながらも朔が笑って宥《なだ》めていると、「僕より先に、僕のカグヤヒメにキスするなんて……」と言うヴィクトルの声が聞こえた。

冗談を言ってるのだと思って顔を見たら、どうやら本気でむっとしているようだ。

(珍しい。機嫌悪いのかな?)

ヴィクトルは朔の前では大抵微笑《ほほえ》んでいるから、こんな顔を見るのはけっこう久しぶりだ。

「まだ子供だから、我慢ができないんですよ」

朔はそう言って桃太郎を庇《かば》った。

「モモを連れてきてくれてありがとうございます」

「いや。礼ならダヴィドに言ってくれ」

「執事さんに?」

「ああ」

緊急事態が起きたので仕事が一段落したら直接本宅に戻ってくださいと、出張先に執事から連絡があって、何事かと慌てて帰ったのだそうだ。

『可哀想《かわいそう》に、あなたが朔を連れて行ってしまったせいで、すっかり食欲が減って、元気もなくなってしまってるんです。責任を取って朔の元まで連れて行ってやってください』

そしてヴィクトルは、執事から桃太郎のリードを手渡されたのだとか……。

「お留守番できないのも、子供だからかな？」

「たぶん……。モモは、まだ甘ったれだから、ひとりでお留守番は寂しいんですよ」

「だが、君は子供の頃からお留守番をしていただろう？」

「僕……ですか？　僕は、あの頃にはもう分別がつく年齢になってましたから……。それに、寂しいときはいつもフレイヤが寄り添ってくれてたんですよ」

その点、今回の桃太郎の場合は、主《あるじ》であるヴィクトルと、いつも一緒に遊んでくれる育ての親の朔とが同時にいなくなったのだから、ダメージがかなり大きかったのだろう。

「そうか、フレイヤは優しい娘《こ》だったからな」

――寂しかったのなら、もう少し一緒に過ごしてやればよかった。

ヴィクトルは、桃太郎を撫《な》でてあげながら独り言のようにぼそっと呟《つぶや》いた。

（今のって、僕に言ったんだよな）

我が儘《まま》を言ってはいけないと思って寂しさを決して口にしなかったけど、寂しいと訴えてみてもよかったのだろうか？

そうしていたら、もっと長い時間をヴィクトルと共に過ごすことができていたのか。

（出張先に連れてってもらったりもできたのかな？）

今さらだけど、少し惜しいことをしたのかもしれないと朔は思った。

「ヴィーちゃん、中に入ってください。——運転手さんやボディガードの皆さんはどうなさるんですか？」

「ああ、彼らなら心配ない。近くに部屋を確保してあるし、交代でガードすることになっているから」

一晩中不審者がいないか見張っているのだろうか。

今さらながら大変な仕事だと思いつつ、ヴィクトルや桃太郎用の荷物を家に運び込んでから少し離れたところに控えてくれていた彼らに軽く頭を下げる。

「畳が傷んでしまうかもしれないけど、モモは家に上げてもいいですか？」

「もちろん。畳は定期的に取り替えるから問題ない」

「よかった。——モモ、家に上がる前に足を拭《ふ》こうね」

朔は、桃太郎のリードを受け取ろうと、ヴィクトルに一歩歩み寄った。

すると、ごく自然な仕草でいつものように腕を広げたヴィクトルに抱き寄せられ、キスされそうになる。

「わっ、ちょっ、駄目です」

朔は慌ててヴィクトルの胸を押して逃れた。

「……カグヤヒメ？」

ヴィクトルは、朔のその仕草になにやら酷くショックを受けたようだ。

「僕とのキスが嫌なのか？」

「ち、違います！　ただ、モモにべろべろ舐められた後だから……」

さすがに犬の唾液《だえき》べったりの唇ではまずいので、顔を洗ってからと思っただけだ。

「なんだ。それなら構わないよ」

ヴィクトルはほっとしたようにそう言うと、再び朔を抱き寄せて唇を寄せてくる。

抱き寄せる腕も、そのキスも、いつもより少しだけ強引な感じがした。


はじめての飛行機に疲れていたのだろう。

ご飯を食べ終わった桃太郎が、朔にくっついたまま寝てしまったので、毛布を持ってきて、そうっとかけてあげた。

桃太郎は、寝ながらピクピクと耳や足を動かしている。

「空を飛んで興奮しちゃったのかな？」

「そうかもしれないね」

「検疫とか、大丈夫だったんですか？」

「ああ、そこら辺は万事ダヴィドが手配済みだった」

さすが執事さんと感心しつつ、朔はお銚子《ちょうし》を手にとってヴィクトルにお酒を勧めた。

丸い卓袱台《ちゃぶだい》の上には、お刺身に茄子《なす》の焼き物、高野豆腐の煮物に漬け物と、家政婦に頼んで用意してもらった、ヴィクトルが喜びそうな地味な和食の酒肴《しゅこう》が色々と並んでいる。

「ダヴィドも寂しがってるみたいだったよ」

盃《さかずき》に酒を注《つ》がれながらヴィクトルが言う。

「僕がいなくてですか？」

「ああ。カグヤヒメのいない屋敷はまるで火が消えたみたいだと言ってたな。——実際、僕も同じように感じたよ」

「大袈裟《おおげさ》です」

「いや、本当だ。……帰る場所に、笑顔で迎えてくれる人がいるのは幸せなことなんだと、はじめて実感したよ」

「……そう言ってもらえると、凄《すご》く嬉しい」

朔は嬉しくてにっこり微笑む。

心の内の辛さや悲しさを見せないよう、いつも笑顔で出迎えてきた。

そんな今までの努力がすべて報われたような気分だ。

「カグヤヒメも飲んで」

「はい」

銚子を掴《つか》んだヴィクトルに勧められるまま、朔は手にした盃をそっと差し出した。

お酒を飲みながら、ゆっくりと橘《たちばな》の話をした。

最初、橘だとは気づかずに声をかけたこと。

ふたりでお茶を飲んだり、庭を眺めてぼんやりしたり、苗《なえ》を植えたりしたこと。

あったことすべてを、時系列通りにすべて話していく。

ヴィクトルをがっかりさせたくはないけど、嘘をつくわけにはいかないから、橘の惚気話《のろけ》も誤魔化さずにきちんと話した。

聞き終えたヴィクトルは、「まさか、初恋の相手だったとは……」と意外そうな顔をした。

「ということは、もしかしたらこの数ヶ月間の僕は、『馬に蹴《け》られて死んじまえ』って言われるようなことをしていたのかい？」

あっさり事態を呑《の》み込んだヴィクトルが、日本語の諺《ことわざ》を絡めて事態を的確に表現する。

「そういうことになると思います」

がっかりするだろうなと思いながら朔が頷《うなず》くと、ヴィクトルは意外にも「よかった」と空色の目を細めて嬉しそうに言った。

「よかった……んですか？」

ロシアに連れて帰りたいとまで願った相手が、もはや決して手に入らなくなったというのに？

朔の問いに、「もちろん」と頷く。

「橘さんは幸せそうだったんだろう？」

「はい、それはもう幸せそうに惚気られました」

「それがなによりだよ。聞いた限りじゃ、あの上司が未成年好きだったことにも理由があったようだし、これからはその悪癖だって収まるだろう」

それにね、とヴィクトルは朔を見て微笑む。

「初恋の恋人同士だなんて、なんだかとても愛らしいと思わないかい？」

「そう……かもしれないですね」

「ふたりが揃《そろ》っているところを見てみたいけど、さすがにもう無理かな」

『後悔先に立たず』だと、またヴィクトルは日本語の諺を口にする。

もしかしたら、これがヴィクトルのマイブームなのかもしれない。

（橘さんに対する執心は失《う》せちゃったみたいだな）

完全に興味を失ったわけじゃない。

たぶん、橘ひとりより、その恋人とセットの状態へと興味の方向が移ったんだろう。

一緒にいるふたりの幸福そうな様子を、ほんの少し垣間見《かいまみ》てみたい。

その程度のちょっとした好奇心に……。

（元々、そういう人だし……）

自らが収集しているコレクションも、自分と同等かそれ以上の熱意で求めている人には惜しげもなく譲ったりしていた。

より愛《め》でられる場所にあるのが、コレクション達にとっての幸せだからと……。

ヴィクトルは橘を手に入れることはできなかったが、橘自身が一番幸せだと感じる場所に自らの力で辿《たど》り着いたのならそれでよしと、すっかり祝福する気持ちになっているのだ。

(もしも僕が、ヴィーちゃん以外の人を選んだら……。きっと、あっさり手放しちゃうんだろうな)

自分がヴィクトル以外の人に心惹《ひ》かれる日なんて決してこないと朔は知っている。

それでも、この想像は朔の心にヒリヒリする擦り傷をつけた。


「うん、艶っぽくていいね」

お風呂から上がって濡《ぬ》れた髪を拭きながら、寝室として使っている部屋に行くと、布団の上であぐらをかいて日本の掛け軸の画集を眺めていたヴィクトルが、にこにこと上機嫌で迎えてくれた。

いつもはきちんと乾かしてからベッドに向かうので、はじめて見る濡れ髪がかなり新鮮だったようだ。

「これから乾かすんですよ。時間がかかるから、その前になにかご用はないかと思って」

本宅やホテルなら内線一本でなんでも用が足せるが、この家には自分達ふたりしかいない。いつも至れり尽くせりで生活しているヴィクトルが不自由してるんじゃないかと気にかかったのだ。

「なにか飲み物でも持ってきましょうか？」

「いやいいよ。いいから、こっちにおいで」

来い来いと手招きされるまま近づき、ヴィクトルの膝《ひざ》の上にすとんと座る。

「濡れ髪に触らせて」

「手が濡れちゃいますよ」

「平気だよ」

ヴィクトルは濡れた朔の髪を手の平に取り、するりと滑らせる。

「艶々して綺麗なものだね。日本人の髪は乾いているときでも、しっとりと濡れたような輝きを放つけれど、本当に濡れているとまた格別だ」

「気に入りました？」

「うん。今まで見ずにきたのが惜しいぐらいだよ」

再び髪を手に取り、ちゅっと唇で触れる。

（……あっ）

それを見つめているだけなのに、まるで直接肌にキスされたような感じがして、ぞくっとした。

日本に来てからまだ一度もそういう意味ではヴィクトルに触れてもらっていなかったせいか、この程度の視覚の刺激でなんだかちょっと身体《からだ》に不穏なざわめきすら感じる。

「僕、髪を乾かして来ますね」

早く可愛がって欲しくてたまらない朔は、身支度を整えるべく立ち上がろうとした。

「このままでいいよ」

が、くいっと腰を掴まれ、再びすとんとヴィクトルの膝の上に。

「僕の髪、冷たくないですか？」

「大丈夫。すぐに熱くなって、その冷たさが心地好くなるよ」

ほらおいで、と抱き寄せられる。

朔は軽く首を伸ばして、ヴィクトルの唇を受けとめた。

ちゅっと軽く音を立ててキスしてから、角度を変えて今度は深く受け入れる。

「……んっ……んふ……」

ヴィクトルの巧みなキスに、朔はすぐに夢中になる。

甘く絡む舌を味わい、強く押しつけられる柔らかで薄い唇の感触を楽しみ、しがみついた肩のしっかりしたラインに安堵《あんど》する。

指先に触れる浴衣《ゆかた》は、ヴィクトルが泊まるときのためにと、朔が自分で選んできたものだ。生成り色地に、ベージュで掠《かす》れた子持ち縞《じま》。

背の高いヴィクトルのために急ぎで仕立ててもらったのだが、店の人からは外国人の着物なら、もっと派手でわかりやすい柄のほうがいいのではと勧められたりもしたが、朔は絶対にこっちのほうが粋で似合うと思っていた。

「……やっぱり、この柄を選んでよかった」

唇が自由になると同時に、つい自画自賛の言葉が零《こぼ》れる。

「カグヤヒメが自分で選んでくれたの？」

「はい。お店の人は現代柄を勧めてきたんですけど、こういう落ち着いた柄のほうがヴィーちゃんには似合うと思ったから」

正解でした、とまた自画自賛しながら、つつつっと指先で浴衣の襟《えり》に触れた。

そしてその指先を、襟の合わせからするっと中へ潜らせる。

開いた襟から覗《のぞ》く、自分のそれとはまったく色合いの違う白い肌に、ちゅっと唇を押し当てた。

「ヴィーちゃん、少しだけ跡つけてもいいですか？」

「いいよ。服に隠れるところなら」

「嬉しい」

朔は嬉々《きき》としてもう一度、白い肌に唇をつけて、ちゅうっと強く吸う。

（……綺麗《きれい》）

ヴィクトルの肌は、日本人のそれよりずっと薄い。

キスでついた鬱血《うっけつ》も、自分の肌につくよりずっと鮮やかな薔薇色《ばらいろ》に見える。

朔は夢中になって、ヴィクトルの浴衣の襟をはだけさせ、胸から下腹へとキスマークをつけていく。

そのままの流れで、下着の上からヴィクトルのそれの形を指で確かめて、布越しにキスして、唇で刺激する。

「少し、腰を浮かせてもらってもいいですか？」

形を変えはじめたところで、ヴィクトルに協力してもらって下着を取り去り、直接咥《くわ》えた。

「……んん……」

朔はあまり口が大きいほうではないから、完全にヴィクトルのそれが変化してしまうとどうしても咥えきれなくなる。

口の中で刺激して大きくした後は、今度は舌と唇とで楽しむしかない。

丹念にそれの形を舌でなぞり、横向きに、はむっと唇で咥えて夢中で刺激する。

朔の愛撫《あいぶ》に答えるように滲《にじ》んだ雫《しずく》を、ご褒美とばかりに舐めていると、頭の上から、ふふっと小さく笑う声が聞こえた。

その声に顔を上げると、朔の髪を撫でながら、ヴィクトルが愛《いと》おしそうにこちらを見つめていた。

「いつも本当に嬉しそうにしてくれるよね」

「だって、ヴィーちゃんが大好きだから……。もっともっと気持ちよくなって欲しいんです」

それと同時に、大人しく愛でられてばかりだと、飽きられてしまうんじゃないかという危機感があるのも事実だ。

他にも沢山いるヴィクトルの一夜の恋人達の中に埋もれてしまいそうで少し怖い。

そんな風に思ってしまうのはいつもはじめのうちだけで、行為に夢中になると忘れてしまうけど……。

「カワイイよ。僕のカグヤヒメ」

優しく引き上げられて、再び深いキス。

「ん……ヴィーちゃん、もっと……」

膝立ちになった朔はヴィクトルの首にしがみついて、夢中で甘いキスを貪《むさぼ》る。

髪を撫でてくれていたヴィクトルの手が、いつの間にか朔の帯を解《ほど》いていて、するりと肩から浴衣が滑り落ちていく。

身をよじって完全に浴衣を床に落とすと、いつものようにその下にはなにも身につけておらず全裸だ。

再び首にしがみついてキスを貪り出した朔を愛おしげに見つめながら、ヴィクトルは朔の細い身体を手の平で撫で降ろしていった。

「っ……んふ」

すでに形を変えて雫を零す朔のそれにヴィクトルが触れると、朔は合わさった唇から甘い声を漏らした。

零れた雫を指先で掬《すく》い取り、ぬるっと後ろに塗り込めると、朔の背中が見てわかるほどにぞくぞくと震える。

「気持ちいい？」

「は……い」

ゆうるりと入り口をなぞられて、朔は震える唇から甘い息を零した。

そこでの喜びを知っている身体は、少し間が開いても、すぐにその感覚を思い出して柔らかくなる。

朔のそこも、ヴィクトルの指を苦もなく受け入れて、きゅうっと締めつけた。

「あ……はっ、……んん……」

朔はヴィクトルにしなだれかかると、その肩に額を押し当てて、気持ちよさそうに小さく腰を揺らした。

「こんなにすぐにここをとろとろにして……。少し待たせすぎたかな」

欲しい？　と耳元で囁《ささや》かれて、朔はその甘い声にぶるっと震えながら何度も頷いた。

「いいよ。いくらでもあげる。僕のカワイイカグヤヒメ。僕は君のものだからね」

（僕のもの？）

それは半分本当で、半分嘘だ。

今だけは――とつければ、完全に本当になるけれど……。

微《かす》かに心によぎった影は、ヴィクトルの手でゆったりと布団に横たえられるとすうっと消えた。

自ら足を開いて迎え入れ、ゆっくりと押し入ってくるヴィクトルの熱い身体を抱き留める。

すべてを収めると、ヴィクトルは一度動きを止めていつもキスをくれる。

ちゅっと触れるだけのキスをして、見つめ合った後で、今度はゆっくりと動き出す。

「……あっ……ん……んん……」

お腹の中がヴィクトルで一杯になって、何度も突き上げられる。

抱かれることに慣れた身体は、最初からもう気持ちよくて、ヴィクトルの動きに合わせるように無意識のうちにきゅうっと締めつけてしまう。

この段階でいつも朔は我を忘れてしまうのだけど……。

（……なんだろう？）

なにか違和感があって集中しきれない。

どうしてだろうと考えてすぐ、いつもと寝床が違うせいだと気づいた。

(そっか。やっぱりベッドとは違うんだ)

ヴィクトル用に大きめのふかふか布団を用意しておいたけど、それでもやっぱりスプリングのあるベッドとは寝心地が変わっていた。

ベッドの揺れがないから、いつもとは抱かれた感じが違う。

そんな違和感のせいか、いつもと同じように集中しきれない。

「んん……はっ……あん」

ヴィクトルは朔のいいところをすべて知り尽くしていて、的確に喜びを与えてくれる。

身体は貪欲《どんよく》にその喜びを貪っているのに、心がそれにうまく同調しない。

熱くなっていく身体に置いてけぼりをくらってしまって、心の隅がどこか冷静なまま……。

(お互いに心から愛し合っている人と結ばれるのって、どんな感じなんだろう?)

冷静な心の片隅で、朔は寂しくそんなことを思う。

はじめてヴィクトルに抱いてもらってから、彼の恋愛観に疑問を持つようになるまでの間、朔は本当に有頂天で幸せに過ごしていた。

ヴィクトルが側にいないときでも目に映るものすべてが綺麗に見えたし、一分一秒が酷く愛しくて、手に触れるものすべてがとても価値あるもののように感じられた。

あの浮かれた状態がずっと続くのだろうか？

（……なんだか、疲れそう）

なんて冷ややかに茶々を入れてみても、実際はとても羨《うらや》ましい。

今の朔がヴィクトルに愛されていると感じるのは、こうして腕の中で抱かれているときだけだから……。

抱かれれば身体は反応するし、カワイイと言われれば嬉しくて口元もほころぶ。

ヴィクトルの肌に触れているこの瞬間、朔は確かに幸せだと感じている。

でも、同時に微かな痛みもある。

ヴィクトルに抱かれているのは、自分ひとりじゃないという事実を知っているからだ。

『ヴィクトルの恋人』という名のコレクションの中で、朔はヴィクトルの手が一番届きやすい場所に飾られている存在でしかない。

唯一無二の恋人にはなれなくても、側にいることができればいい。

それだけが朔の願いだから、『僕のカグヤヒメ』と呼ばれる度、とても幸せな気分になる。

自分は、ヴィクトルの所有物なのだと確信して、安心できるから……。

それで充分に幸せだ。

幸せだと思っていたのだ。

それなのに……。

（橘さんは、もっと幸せそうだった）

恋人のことを語った橘の、あのはにかんだような幸せそうな微笑み。

そんな幸せに縁のない朔は、あまりにも眩《まぶ》しすぎて、その微笑みを直視できなかった。

かつて朔が諦《あきら》めた幸せを、橘は手に入れている。

それが、なんだか羨ましい。

納得ずくで諦めたものを、今になって酷く惜しいと感じている自分を自覚して、朔は慌てて思考を閉じた。

（望んだら駄目だ）

欲張ればきっとすべてを失う。

朔が生きる場所はこの腕の中だけ。

他に望む幸せはないのだから……。

（もう他は見ない）

朔は、思わずぎゅっと目を閉じた。

「カグヤヒメ？」

いきなりぎゅっと目を閉じた朔を、不思議に思ったのだろう。

ヴィクトルが動きを止めて、顔を覗き込んできた。

「どうかした？」

「あ……お布団だと、いつもとちょっと違う感じがして……」

朔は、目を開けてヴィクトルを安心させるためだけに微笑んだ。

「ああ。もしかして、背中が痛かった？」

体位を変えようか？　とヴィクトルは心配そうだ。

(ヴィーちゃんは優しいな)

そんなヴィクトルを見ているうちに、朔の微笑みは本物になった。

「平気です。スプリングの揺れがない分、ヴィーちゃんの動きがいつもよりはっきり感じられるみたいで……。だから、もっと感じようと思って……」

「それで目をつぶっていたの？」

ヴィクトルは朔の言葉を先取りした。

朔が頷くと、カワイイと頰をつるんと撫でてくれて、ちゅっと優しいキスをくれる。

お返しにキスを返してから、ヴィクトルの首に甘えるように腕を絡めた。

「ね、ヴィーちゃん。もっとあなたを感じさせて……」

「いいよ、僕のカワイイカグヤヒメ」

ヴィクトルが嬉しそうに目尻を下げて微笑む。

まったく緊張感のない甘いだけのその微笑みは、ヴィクトルが朔に完全に心を開いてくれている証拠。

体面を考えて紳士的に振る舞うわけでもなく、相手によく見られようとして気障《きざ》に振る舞うこともしない。

ここまでヴィクトルが心を開いている相手は、きっと自分以外にはいないだろう。

そう朔は確信している。

(僕が、完全にヴィーちゃんのものだから……)

ただひたすらにヴィクトルだけを慕って、ヴィクトルの側にいることしか望んでいない。

そんな気持ちがきっと伝わっていて、それで安心して素のままの表情を見せてくれているのだ。

(ほら、やっぱり僕は幸せだ)

これ以上を望むのは贅沢《ぜいたく》というものだ。

朔は、再び動き出したヴィクトルの動きを追いながら、目を閉じる。

集中しようと努力するまでもなく、激しくなっていく動きに心が奪われる。

打ちつけられる熱の衝撃が、ベッドのスプリングに吸収されることなく直接腰に甘く響く。

これが、たまらなくよかった。

「あ……いい……ヴィーちゃん……もっと……」

もっと激しくして……と、素直に甘えると、望むままに与えられる。

揺さぶられながら目を開けると、きらきら光る髪が見えた。

動きの激しさに応じるように髪が揺れ、白い肌には汗が光っている。

今このとき、ヴィクトルは自分のこの身体に夢中になってくれている。

それが嬉しくて、朔はもっともっと乱れていった。

「んあ……ああっ……あっ……ヴィーちゃん、も……いきそ……」

いきたい、と訴えて、きゅううっと締めつけると、耳元でヴィクトルが、くっと息を呑む気配がする。

「カグヤヒメ、食い千切るつもりかい？」

「あ……だって……もう……」

「わかってる。一緒に、ね？」

ヴィクトルは見上げる朔の瞼《まぶた》にキスをすると、その膝裏を抱え上げていっそう強く穿《うが》ち出す。

がくがく揺さぶられ、朔はたまらずに顎を上げて、シーツをぎゅっと摑んだ。

「あっ……ああ……ん。――んんっ!!」

一際深く突き入れられ、最奥《さいおう》に愛しい人の熱を感じる。

それと同時に、朔もまた自らの熱を放ち、一時の甘いまどろみに落ちていった。

愛する人の腕の中で、うとうとする至福のとき。

いつもはそのまま、すとんと気持ちよく眠れるのに、この夜に限っては駄目だった。

(……眠れない)

心に引っかかるものがあるせいだろうか？

どうしても、完全に眠りに落ちることができない。

諦めた朔は、ヴィクトルを起こさないようにそうっと布団を抜け出して、障子戸を開けて縁側に出た。

もう少し気温が上がるまで、夜の間は縁側をぐるりと囲むように雨戸で覆うといいですよと家政婦からは言われているが、長くロシアの気候の中で暮らしていたせいか朔はさほど寒さを感じず、夜でも縁側を開放したままにしてあるのだ。

足を外に投げ出すようにして座り、空を見上げる。

丸坊主の欅《けやき》の枝の間から、湿度が高いせいか輪郭がぼうっと滲んだ月が見えた。

(惜しいな。満月までもうちょっとか……)

真円までにはちょっと足りないが、それでも光量は充分で、月影が地面に落ちているのも見て取れた。

(ヴィーちゃんにはじめて会った夜は満月だった)

数日晴れが続いていて、空に浮かぶ月はくっきりと冴《さ》え渡っていた。

あの夜の月も、月明かりにきらきら光る綺麗な髪も、すべて昨日のことのように鮮明に覚えている。

母に産み捨てられ祖父に虐げられ、闇《やみ》の中でぼんやりと心を麻痺《まひ》させていた朔が、はじめてみた綺麗な輝き。

朔はあの夜、はじめて自分の意志で、この目に映るものをしっかりと見ることを覚えた。

自分の人生は、あの夜にはじまったのだと思っている。

(僕は幸せだ)

それは間違いない。

差し伸べられた優しい腕に守られて、望む場所にいられるのだから……。

それなのに、今の自分は幸せなのだと、わざわざ確認したくなるのはなぜだろう?

無いものねだりをしたって虚《むな》しいだけ。

いま目の前にある幸せだけを見つめていればいいとわかっている。

わかっているのに……。

(満月だったらよかったな)

あの夜と同じ月が見たかったなぁとぼんやり考えていると、

「どこか、行きたいところがあるの?」

と、不意に背後から声が聞こえた。

びくっとして振り返ると、浴衣の寝間着を着たヴィクトルが障子に凭《もた》れるようにして立っている。

「あ、ごめんなさい。起こしちゃいましたか？」

「いや。——いい月だね」

「はい。……あの、さっきの質問って？」

旅行かなにかに誘ってくれているのだろうかと思って聞くと、「はじめて会った日にも、同じ質問をしたんだよ」

「月を見上げていた君は、ここじゃないどこかに行きたがっているように見えた」とヴィクトルは答えた。

そう、伝説のカグヤヒメみたいにね、と言いながら朔の隣りに座る。

「そうだったんですか」

あのときは言葉がまったくわからなかったから、なにを熱心に語りかけてくれているのか、さっぱりわからなかった。

『行きたいところがあるのなら、僕が必ず連れて行ってあげる。君はここにいちゃいけない。僕と一緒に、ここから出て行こう。——お願いだから、僕に、君を助けさせて欲しい』

あのとき、ヴィクトルはそんなことを朔に訴えていたのだと話してくれた。

「今でも同じ気持ちだよ」

「え？」

「僕のカワイイカグヤヒメ、君の願いならなんでも叶《かな》えてあげる。伝説のカグヤヒメと違って、僕のカグヤヒメは無欲すぎるよ。なにか願いがあるのなら遠慮なく言っておくれ」

ヴィクトルは軽く首を傾《かし》げて、朔を見た。

淡い月明かりに髪がきらきらして眩しくて、朔は少しだけ目を細める。

(……失敗したな)

いつもヴィクトルの前では、辛さや寂しさといった感情を見せないよう微笑んでいたのに、眠っているとばかり思っていたから気が緩んでしまった。

月明かりのセンチメンタリズムについ煽《あお》られて、なにかが欠けている寂しさに、つい表情を曇らせてしまった。

ヴィクトルは普段と違うそんな朔の表情の変化に気づいて、こんなことを言ってきたんだろう。

(願いなんて……)

朔の願いは、いつだってただひとつ。

ヴィクトルの側にいることだけ。

だから素直にそれを告げた。

「どこにも行きたくなんかないです」

「え？」

「僕は、ずっと、ここにいたい」

「……ここに？」

朔の視界の中、ヴィクトルの表情がみるみるうちに翳《かげ》っていく。

「それは、日本に留《とど》まりたいっていうこと？　ロシアにはもう帰りたくない？」

珍しく不安そうな口調で聞かれて、朔は慌てて首を横に振った。

「ごめんなさい、違います。そうじゃなくて……。——ここっていうのは、あなたがいるところのことです」

だから、どこにも行きたくない。

ヴィクトルが必ず帰ってきてくれる場所にいられればそれでいい。

「そうか、よかった」

ヴィクトルは、ほっと安心したように微笑んだ。

（ほら、幸せだ）

手元に置きたいと思ってもらっているだけで満足。

欲張らなくても、今ここで感じられる絆《きずな》だけで、こんなに幸せな気分になれるのだから……。

はじめて本宅に置き去りにされたとき、朔は置いていかないでとヴィクトルに我が儘を言わなかった。

あのときから、自分はこちらの道を選んでいたのだと思う。

恋人にして欲しいと願いはしたけど、自分ひとりだけを見て欲しいなんて我が儘は決して言わない。

ヴィクトルにカワイイと言ってもらうために着飾って、有意義な時間を過ごしてもらうために沢山勉強して話題を豊富に用意する。

いつも楽しい気分でいてもらえるよう、顔には笑顔だけを浮かべて、辛さや寂しさや不満は表に出さない。

決して我を通すような真似はしないから、言い争いになることも、気持ちがすれ違ったりすることだってない。

都合良く、必要なときだけ愛でられる、恋人という名のコレクションでいい。

我が儘を言ったり、自分の意志を無理に通そうとして、ヴィクトルに倦厭《けんえん》されるようなことになったら、きっと自分は生きていけない。

（僕が生きていける場所も、生きていきたい場所も、ここだけなんだから……）

ロシアの本宅に戻って、これからもヴィクトルだけを思って生きていこうと朔は思った。

もう人の幸せを見て惑ったり。羨んだりしない。

羨むことで、今ここにある幸せを見失ってしまうのは嫌だから……。

「……この家は、この後どうするおつもりですか？」

「今、本社のほうで日本に支社を作る計画が上がってて、僕がその責任者になりそうなんだ。そうなると定期的に日本に滞在することになるだろうから、そのためのホームにするつもりだよ。カグヤヒメのお蔭《かげ》で取り越し苦労だってわかって、橘さん達から隠れる必要もなくなったからね」

「それじゃあ、橘さんが植えた苗の面倒も見てくれますよね？」

「もちろん。特別大切に手入れさせる」

ありがとうございます、と朔は微笑む。

「僕は、いつロシアに戻ったらいいですか？」

「ダヴィドには悪いが、もうちょっと待っててもらおう」

一緒に旅行しないか？　とヴィクトルに言われて、旅行？　と朔はきょとんと首を傾げた。

(今だって、ちょっと旅行気分なんだけど……)

「どこの国に行くんですか？」

「そうじゃなく、日本国内を旅しよう。――どこにも行ったことがないんだろう？」

「はい」

祖父の屋敷と学校以外、どこにも行ったことがないと朔が以前話していたのを覚えていてくれたようだ。

京都に行こう、とヴィクトルは言った。

以前、最高の時期に京都で花見をしたことがあるとかで、それを朔に見せたいのだと……。

「桜は散り際が本当に綺麗なんだ」

「それだったら、もうちょっとだけ先ですね。あと十日ぐらい？」

「うん。だからね、モモタロウもいることだし、車で道々観光しつつ、ゆっくり旅行しようよ」

「モモも一緒に⁉」

「ああ」

ヴィクトルが頷く。

「嬉しい！　凄く楽しみ。ありがとう、ヴィーちゃん！」

大好きなヴィクトルをずっと独り占めできるし、可愛い桃太郎も一緒なのだから嬉しくないわけがない。

はしゃいでお礼を言いながら抱きつくと、「礼ならこっちに」とヴィクトルが自分の唇を指差す。

だから朔は、思いっきり心を込めてキスをした。

★

京都旅行はとても素晴らしかった。

車での長距離移動に慣れていない桃太郎は、最初のうちちょっとだけリムジンの車内でオロオロしていたけれど、すぐに慣れてリムジンのシートにゆったり寝そべるようになった。

むしろ朔のほうが、移動の経験はあっても旅行はしたことがなかったから、なかなか落ち着かなかったぐらいだ。

（こんなにヴィーちゃんとずっとべったり一緒にいられるなんて、何年ぶりだろう）

休暇の度に本宅に帰ってくるヴィクトルを待っているのは朔ひとりじゃない。

様々なコレクション仲間が訪ねて来ることもあるし、親族や友人達が泊まりがけで遊びにくることだってある。

立場上、そういうとき朔は、ヴィクトルに呼ばれない限り、自室や使用人達の控え部屋で大人しく過ごすようにしていた。

だから、完全にヴィクトルを何日も独り占めできるのは、本当に久しぶりだったのだ。

鎌倉から箱根、そして名古屋城から琵琶湖へと道中を楽しみながら、桜の開花のタイミングを計りつつゆっくりと京都に向かう。

首尾良く散り際の桜の時期に京都に入り、やっと明日はこの旅行一番のメインイベントだと浮き浮きしている朔にヴィクトルが言った。

「桜に敬意を払って、明日は正装しよう」

「正装ですか？」

「うん、そう。カグヤヒメは和服を着てね」

翌日、朔は言われるままに、薄いグレーの着物に銀糸の刺繍《ししゅう》が施されたオフホワイトの帯を締めてみた。

「うん、いいね」

嬉しそうに空色の瞳を細めるヴィクトルは、きっちり上等のスーツに身を包んでいる。

（さすがに……これは目立つだろうなぁ）

金髪碧眼《へきがん》の美丈夫であるヴィクトルひとりでも、日本ではそれはもう目立つのだ。

そこに人形のような顔立ちで髪の長い和服青年と、金色の毛並みが艶々と美しいボルゾイとが一緒にいて、さらにその周辺に黒服の屈強なボディガード達まで従えているのだから、これはもう、こっちを見るなと言うのが無理な話だ。

案の定、向かった花見スポットでは、なんだなんだ？　映画かなにかの撮影か？　と観光客に見られまくった。

桜に向かっていた携帯やカメラのレンズが、こっちに向けられたりもした。

さすがのヴィクトルもここまで目立ってしまったことはなかったのか、ちょっとびっくりしているようだった。

他の観光客達は、朔達一行に注目したり写真を撮ったりはするものの、彼らの日常とはかけ離れた雰囲気のせいか直接接触してくることはなく、ただ遠巻きに眺めているだけだ。

「僕らは、まるで大名行列みたいだね」

ヴィクトルはそんなことを言って朔に笑いかける。

今のこの状況を呑気《のんき》に楽しんでいるのだろう。

だから朔も、人目を気にするのを止《や》めて、差し出されたヴィクトルの手を繋《つな》ぎ返して桜並木を歩いた。

「大名行列って、町民は土下座するんじゃなかったでしたっけ？」

「いや、それは違うよ。それは御三家のみの特権で、普通の大名家の場合は道を開けるだけでよかったんだ」

「凄いな。よくそんなことまで知ってますね」

「伊達《だて》に半年も日本に入り浸っていたわけじゃないからね」

得意そうにヴィクトルが言う。

右側には楽しげに話しかけてくれるヴィクトル、左側にはふさふさとご機嫌で尻尾をふる可愛い桃太郎。

そして空からは、ひらひらと桜の花びらが舞い落ちてくる。

まるで天国にいるみたいだと、朔は思った。

4

京都旅行から戻ると、丸坊主だった欅の木には黄緑色の鮮やかな若葉が芽吹いていた。

(綺麗だな)

気温が上がるにつれて緑の葉は濃さを増し、秋になって気温が下がると今度は赤く紅葉しはじめるのだそうだ。

日々変わりゆくその様がとても素晴らしいと、老夫婦が残してくれた手帳には書いてある。

残念だが、あと数日でロシアに戻ることになっている朔には、その変化を見守ることはできない。急な仕事で中国に渡ったヴィクトルが日本に戻り次第、一緒にロシアに戻ることが決まっているからだ。

京都旅行から戻ってすぐ、橘にもその旨を伝えてある。

この家の庭の世話を頼む人に、橘の苗の世話もしてもらえることになっているから、心配しないでくれと……。

うっかりしてなんの伝言もないままに旅立ったせいで、留守の間、橘には何度か無駄足を踏ませてしまっていたらしい。

ごめんなさいと謝ると、気にしないでと気さくに言ってくれた。

「でも、麦《むぎ》くんに会えなくなるのは寂しいな」

週末の散歩が楽しみになっていたからと、橘が言う。

僕も同じ気持ちです、と朔は答えた。

ヴィクトルからは、疑惑も無事に解消されたことだし、朔とヴィクトルとの関係を言ってしまってもいいよと言われている。きっと橘さんが知ったらびっくりするんじゃないかなと彼は呑気に微笑んでいたが、朔は言わないことに決めていた。

(びっくりはするだろうけど……)

以前一度ヴィクトルに誘われてフリーズしたことのある橘は、彼の恋愛観を知っている。唯一無二の恋人と幸せに暮らしている橘にとって、それはどうしても許容できないもののはずだった。

朔がそんな関係に甘んじていることを知れば、びっくりした後に、それで本当にいいのかと心配されるに決まっている。

それでも自分の生き方を変えるつもりはないけれど、優しい言葉をかけられたら、どうしても心は揺らいでしまう。

なにも言わずに、このまま別れてしまったほうがお互いのためだ。

「そういえば、互いに本名も名乗ってなかったんだっけ。――俺は、橘聡巳《さとみ》だ」

「僕は、奥野《おくの》朔です」

「朔くんか……。もしもまた日本に来ることがあったら連絡してくれると嬉しいな」

橘は携帯の番号を教えてくれた。

君のも教えてくれる？　と言われたが、朔は教えることができなかった。

「僕、今まで携帯持ったこと一度もないんです」

「一度も？」

橘は不思議そうな顔になる。

「朔くんは、いま何歳？」

「二十歳《はたち》です」

「ああ、だったら、そういうこともあるの……かな？」

携帯を持つようになったら連絡してと言われて、朔は素直に頷いた。

それでもたぶん、そんな日は来ないだろう。

（携帯なんて必要ない）

朔はずっとロシアの本宅にいて、そこでヴィクトルの帰りだけを待ってこれからも暮らす。

そう決めている。

ひとりで外出することなどないし、ヴィクトル以外の人と連絡を取る必要もないから、携帯なんていらない。

（そういえば、友達ができたのって本当に久しぶりだ）

中学の頃の友達とは、日本を離れた際に繋がりが切れてしまっている。

何度かまったりお茶を飲んで話しただけの間柄を友達と言っても許されるのなら、今の朔にとって、橘はただひとりの友達だった。

「いつかまた会えると嬉しいな」

「同感です」

たぶん、そんな日はもうこないだろうけれど……。

朔は、橘が差し出した手をぎゅっと強く握りかえした。


老夫婦が書き残していってくれた手帳は、全ページをカラーコピーして綴《つづ》り直した。

コピーのほうをこの家に置き、これからこの庭を管理する人に役立ててもらうつもりだ。

本体の手帳のほうは、ヴィクトルの許可を得て、朔が貰《もら》うことになっている。

その手帳に、朔は橘に渡された携帯番号が書かれたメモを大事に挟みこみ、一緒にロシアに持ち帰るつもりでいる。

今回の日本滞在は、朔にとって本当に特別な出来事だった。

一日千秋の思いでヴィクトルだけを待って暮らす本宅での生活は、平和だけど少し退屈だから、きっと懐かしく何度も思い出すことになりそうだと思う。

（モモが話せたら、ふたりで思い出話もできるのにな）

言葉を持たない可愛い弟分に思い出話をしたとしても、きっと退屈だとあくびされておしまいになるに違いない。

裏庭で庭仕事しながらそんなことを考えていると、突然、前庭にいる桃太郎が大きな声で吠《ほ》えた。

「モモ⁉」

桃太郎は賢い子だし、番犬としての訓練も受けているから無駄吠えはほとんどしない。大きな声で鳴くときは、なにか問題があったときだけだ。

麦わら帽子に首に巻き付けた三つ編みという定番スタイルで庭仕事にいそしんでいた朔は、慌てて立ち上がって庭を駆け抜け前庭に向かった。

すると、生垣からこちらを覗き込んでいる男性が見えた。

鮮やかな花々が咲く庭を通行人が立ち止まって眺めていくのはいつものことなのだが、この家に来てはじめてその場面に遭遇したのか、桃太郎にはそれがわからなかったらしい。

男性が生垣から身を乗り出すようにしていたのも悪かったようで、庭を覗くその男性を不審者だと判断してしまったようだ。

「モモ、大丈夫なんだよ」

朔は吠えているモモの首を撫でて落ち着かせて、その場に伏せさせた。

「驚かせてしまいましたね」

すみません、と、きちんと麦わら帽子を脱いで、その男性に頭を下げる。

（……あれ？）

四十代ぐらいのキリリとした濃い眉《まゆ》が印象的な男性は、朔の言葉になにも答えない。

ただ、まるで食い入るように、朔の顔だけを見つめていた。

「あの……」

こんな人形みたいな顔をしているから、子供の頃から見られるのには慣れている。

だが、これほどに遠慮なく、かつ真剣な顔で見られるのははじめてだ。

朔が戸惑っていると、やがて男性は慌てふためいた様子で生垣に沿って門のほうへ走って行き、ガチャガチャと門扉を開けようとした。

「な、なに……？」

朔が狼狽えているうちに、門扉に鍵がかかっていることを悟った男性が、年齢に似合わぬ身軽さでひょいと門を乗り越えて庭に侵入してくる。

「朔っ!!　おまえ、朔だろう!?」

びっくりした朔が逃げる間もなく、男性は朔にガバッと抱きついてきた。

「――ええっ!?」

なに？　誰？　と朔は戸惑うばかり。

そんな朔の足元で、大変大変!! と、桃太郎がまた激しく吠え出した。

★

(次の休暇には、カグヤヒメをどこに連れて行こうか)
朔の待つ家に向かうリムジンの中で、ヴィクトルはそんなことを考えていた。
朔は移動を好まない子なのだろうと、ずっとそう思い込んでいたのだが、この間の旅行で
それが自分の勘違いだとわかったからだ。
(あんなに喜んでくれるんなら、もっと早くに連れ出していればよかったな)
ロシアの屋敷にほとんど閉じこもるようにして育ったにしては、朔の教養や知識はなかな
かのものだ。
出張先で手に入れた美術品に対する理解度は高いし、リアルタイムの経済の話や国際間の
複雑な問題などの話題にも平気でついてくる。
だから以前から何度か、行きたい国や学びたい学校があったらどこにでも好きに行ってい
いんだよと勧めていたのだが、朔は首を横に振るばかりでどこにも行こうとはしなかった。
勘違いしていたのは、そのせいだ。
ひとりではどこにも行く気が起きなくても、自分と一緒ならば出掛けるのもやぶさかでは

ないらしい。

（なんとも可愛らしい）

そういうことならば、朔に見せてあげたいものが数え切れないほどある。

様々な国の美しい街並みや城、見事に整備された庭園に、世界の宝ともいえる芸術品を展示している美術館の数々。

何度も足を運ぶほどに愛してきたそれらを、朔にも見せてあげたい。

舞い散る桜に目を輝かせてくれたときのように、それらの前で朔が喜んでくれたら、自分もきっとこの上もなく幸せな気分になれるだろう。

朔とふたりで旅したあの日々には、ひとりで旅するのとは違う喜びが確かにあったから……。


やがて、リムジンは朔の待つ家の前に到着した。

ヴィクトルはボディガードが開けたドアから道路に降り立つ。

いつものように自分で門扉についたインターフォンを押して、朔の返答を待ったのだが、どうしたわけかいつまで待っても返答がない。

もう一度インターフォンを押しても、やはり家の中はシンとしたままだ。

玄関にも家の中にも灯《あか》りはついているから、不在ということはないはずだ。

（どうしたんだ？）

なにか嫌な予感がする。

ヴィクトルは自分が持つ鍵を使って門扉を開け、家の敷地内へと入って行った。

「カグヤヒメ、いないのか？」

玄関を開けて中に入ると、ととっ……と軽い足音と共に桃太郎が出てきた。

「モモタロウ、カグヤヒメはどうしたんだい？」

返事がないのを承知の上で聞くと、桃太郎はきゅうんと困ったように鳴いてから、首を巡らせて家の中を見た。

「中にいるんだね？」

ヴィクトルは、いったいなにがあったのかと不安に駆られながら急いで家の奥へと入って行く。

「なんだ。そこにいたのか……」

拍子抜けするほどあっさり朔は見つかった。

朔は、いわゆる茶の間と呼ばれる場所で、ぺたんと畳の上に座り込んでいたのだ。

「カグヤヒメ、いったいどうしたんだい？」

目の前に屈《かが》み込み、肩に手を乗せて、顔を覗き込む。

「……え？」

朔はまるで寝ぼけてでもいるかのような緩慢な動作で顔を上げて、ヴィクトルをぼんやりと見た。

「熱でもあるのか？」

旅の疲れが今ごろになって出たのだろうかと、慌てて額に手を当てたが、普段よりひんやりしているぐらいで一応ほっとした。

一方、朔は、その手の平の感触で正気に戻ったようだった。

「……ヴィーちゃん？　——あ、お出迎えしなくてごめんなさい」

なんだかぼんやりしちゃってて……と立ち上がろうとする朔を、ヴィクトルは押さえつけてもう一度座らせた。

「なにがあった？」

普段とはあまりにも違う様子に戸惑い、聞くと、「別に、なにも」と朔は視線を泳がせる。

あまりにもあからさますぎる嘘だった。

ヴィクトルは溜《た》め息をついて立ち上がると、座布団をふたつ持ってきて、そのひとつを朔の前に置いた。

「カグヤヒメ、話をしよう」

そこに座ってと少し強い口調で言うと、朔はにじり寄るようにして座布団の上に上がって、きちんと正座する。

ずっと不安そうにふたりの間でうろうろしていた桃太郎は、きゅうんと小さく鳴いて、そんな朔の側に寄り添うように伏せた。

ヴィクトルは、朔の前に座布団を置いて、その上に座った。

「具合が悪いの？」

聞くと、朔は黙ったままで首を横に振る。

「それなら、まずはよかった。――では、どうしてそんなに元気がないんだい？　悩み事でもある？」

「なにも……。なにもないです」

「カグヤヒメ、嘘は駄目だよ。君がそんなに萎《しお》れている姿を、僕は今まで見たことがない。なにもなくて、君がそんな風になるわけがないんだ」

話してごらん、と、優しく促しても、朔は俯《うつむ》いたまま首を振るばかりでなにも言わない。

「……ロシアに帰るのが嫌になった？　日本に残りたいのなら残ってもいいんだよ？」

そんなヴィクトルの声に、朔はいっそう大きく首を振る。

「帰りたいです！　今すぐでもいい」

「本当に？　僕が留守の間に、なにか嫌なことでもあったのかい？」

「嫌なことなんて……なにも……」

「本当に？　嘘は駄目だよ」

そう言うと、朔はいっそう俯いて黙り込んでしまった。

（困ったな）

出会ってから六年、こんな風に朔が意固地になるのははじめてだ。

朔はいつも素直で朗らかだったし、ごねることも我が儘を言うこともなかったから……。

（いったい、なにがあったんだろう）

間違いなく、自分が留守の間に、朔の身になにか重大なことがあったのだ。

これだけのダメージを受けているのだから、聞かずにこのまま流すことはできない。

もしも悩み事があるならば、ここできちんと解決しなければ、いつまでもずっと悪い意味で尾を引くことになる。

日本の諺に、『臭いものには蓋《ふた》をしろ』というものがあるが、ヴィクトルはそれにはどうしても賛同しかねる。

蓋をしたところで、臭いの元がそこにある限り意味がない。

蓋をすることで中で腐敗がよりいっそう進んで臭いは増す。いずれはその臭いだって外へ漏れ出すことになる。

ためらわず、その場で思い切って処分するに越したことはないと思うのだ。

だからヴィクトルは、「カグヤヒメ、話しなさい」とあえて厳しく言ってみた。

「だから……話すことなんて……」

それでもまだもごもごと煮え切らない朔に、「サク」と本名で強く呼びかける。

その途端、朔はびくっとして、膝の上にきちんと揃えていた手を、ぎゅっと拳《こぶし》状に握りしめた。

しばらくして、観念したように、ぼそっと呟《つぶや》く。

「――父に、会いました」

「お父さん？」

ヴィクトルは、首を傾げる。

「君の父親は特定できなかったんじゃなかったのか？」

色に溺《おぼ》れた母親が不特定多数の相手と遊んだ結果が自分だと、かつて朔は言っていた。

「祖父から、そう聞かされて育ったんです。……でも、全部、嘘……でした」

昨日、朔は見知らぬ中年男性に抱きつかれて、おまえは俺の子だと言われたのだそうだ。

自分に父親なんていないと思っていた朔は、なにかの間違いだと逃げようとしたが、そんな朔にその男は一枚の写真を見せた。

大きな鳶色《とびいろ》の瞳と白い肌、もう少し若ければまるで人形のように見えるだろう美しい女の写真。

「その写真の顔が、あまりにも僕にそっくりで……」

ひとめ見て、それが母親だと認めるしかなかった。

★

自分を産み捨てていった母親。

はじめて見るその顔に、朔は混乱した。

今さらどうでもいいという冷ややかさ、ひと言でもいいから怒りをぶつけてみたいという衝動、どうして自分を捨てたのかと詰問したいという欲求、そんないろんな感情が心の中に渦巻く。

と同時に、彼女に会ってみたいと思っている自分がいることにも気づかされた。

自分の中に、母親という特別な存在に対する捨てきれない思慕の念があることに……。

そのせいもあって、男から彼女と会ってやってくれと懇願されたとき、朔はどうしても断れなかったのだ。

促されるまま、桃太郎にお留守番をさせて車に乗り込んだ。

着いた先は、そこそこ裕福そうではあるものの日本では標準的な作りの一戸建て。

車を降りて敷地内を眺めてみると、庭のところに洗濯物干し場があって、そこでひとりの女性が洗濯物をちょうど取り込んでいるところだった。

「小雪《こゆき》」

男の呼ぶ声に、その女性は振り向いた。

彼女は写真と同じ顔をしていた。

「あら、お仕事中にどうしたの？」

最初、彼女は男に向けて微笑みかけたが、すぐにその隣りに立つ朔に目を止めた。

自分と同じその顔を認めた瞬間、彼女の顔からすうっと表情が消える。

そして——。

「……あ、あ、あ……あ、あああああああ————‼」

彼女は持っていた洗濯物を放り投げると、声にならない悲鳴をあげて朔に駆け寄り、無我夢中で朔を強く抱き締めた。

「ちょっ……あの……」

戸惑う間も、拒絶する間もなかった。

自分よりずっと華奢《きゃしゃ》な体つきの女性なのに、抱き締める腕の力があまりにも強くて振り解くこともできない。

「生きてた生きてたっ‼　……ああ、よかった！　よかったわ。朔！　私の朔」

彼女の目からは、涙が後から後から溢《あふ》れ出る。

その涙をぬぐおうともせず、生きてた、よかったと何度も繰り返して、まるでもう一度朔を自分の身体の中に戻そうとするかのように、強く、強く、抱き締めてくる。

それで朔は、わかってしまったのだ。

自分は、母親に捨てられたわけじゃなかったのだと……。

(死んでるって思われてたのか)

祖父から、死産だと偽られていたのだろうか？

あの人ならば、やりそうだが……。

まだよくわからなかったが、それでも捨てられたわけではないという事実は、実母に対する蟠《わだかま》りで強《こわ》ばっていた朔の心をゆうるりとほぐしてくれる。

朔は、自分を抱き締めている華奢な身体に、おそるおそるその手を伸ばしてみた。


母親の興奮が治まり、やっと泣きやんでから、改めて詳しい話を聞くことになった。

両親の家に上がる頃になって、やっと現実が実感されてきて、なんだか酷く緊張してきた。

「……お邪魔します」

そのせいか、鼓動が妙に速い。

(ここで、ずっと暮らしてたんだ)

花や絵が飾られ、綺麗に掃除が行き届いた明るい雰囲気の家だった。

促されるままにリビングダイニングに足を踏み入れると、そこには小さな男の子がいた。

テレビでアニメを食い入るように見ていた男の子は、母親とそっくりな顔の朔を見て、きょとんと不思議そうな顔をする。

朔のほうは、その男の子のキリリとした眉があまりにも父親にそっくりで、ちょっと笑ってしまっていた。

「あなたの弟よ。誠《まこと》というの。三歳になるわ。——誠、お兄ちゃんよ」

「おにいちゃん？　僕のおにいちゃん、お空にいるんじゃなかったの？」

「帰ってきたの。私達のところに……帰ってきてくれたのよ」

話しているうちに感情が高ぶってきたのか、母親がまた涙を滲ませる。

(僕のこと、以前から話題にしてたのか)

自分でも知らぬ間に、この家の中で自分の存在が話題になっていただなんて、なんだか不思議な感じがする。

と同時に、自分の存在がずっと両親の心の中に存在していたことを嬉しく感じている自分もいた。

「小雪、俺が話をするから、君は誠と一緒に向こうの部屋にいってなさい」

また涙を流しはじめた母親に、父親が促す。

子供に聞かせられる話でもないから、ともう一度促されて、彼女は名残惜しそうにもう一度朔の顔を見つめた後で、誠の手を引いて部屋から出て行った。

「さて、どこから話そうか……」

朔のために珈琲《コーヒー》を淹《い》れた後で、ダイニングテーブルに座り父親が切り出した。

「最初から、全部話してください。僕は、自分に父親がいるなんて知らなかった。その……あまりにも相手が多すぎて、特定できないからと祖父に言われていて……」

「そんな風に聞かされて育ったのか」

酷いなと、痛ましそうに父親が眉をひそめた。


そもそもの悪夢のはじまりは、実の娘に対する祖父の溺愛《できあい》だったのだそうだ。

祖父は、まるで手中の珠《たま》のように娘を可愛がり、大人になったらお父さんのお嫁さんになるな？　とことあるごとに問いかけた。

娘のほうは、幼い頃はただ無邪気に「うん」と頷いていたものの、成長するにつれ、徐々に父親の執着に恐れを抱《いだ》くようになっていく。

何度か首を傾げるような出来事がありつつも、考えすぎかもしれないと自分を誤魔化して、やがて小雪は大学生になり、大学で知り合った現在の夫、征治《せいじ》と恋に落ちた。

その事実を知った祖父は、この裏切り者と烈火の如《ごと》く怒ったのだそうだ。

そして、おまえは誰にも渡さんと屋敷に閉じこめ、実の娘に対する欲望を隠さなくなった。

そんな父親を恐れ、親子で過ちを犯す前になんとか恋人の元へ逃れた彼女は、遠い地で旅館を営んでいる彼の親戚を頼ってふたりで逃げた。しばらくはそこで暮らしたが、けっきょく祖父に見つかって無理矢理引き離され、連れ戻されてしまったのだそうだ。

「時代錯誤な話だろう？」

はじめて聞く話に驚き、言葉もない朔に、父親が自嘲《じちょう》気味に言う。

「連れ戻されたとき、おまえはもう小雪のお腹の中にいた」

堕胎することが不可能な月齢に達していたために、朔はその段階で祖父に処分されることなく生まれてくることができた。

ただひとつ運がよかったことといえば、祖父が、他の男の手垢《てあか》がついて汚れた娘などいらんと、小雪に対する執着心を失ったことぐらいか。

だが、執着していた分だけ、裏切られたという怒りも強かった。

だからこそ、朔が生まれると同時に、小雪とは釣り合わない高齢の男性の元に無理矢理嫁がせるような真似もしたのだとか……。

「拒むことはできなかったんですか？」

朔の問いに、父親は頷いた。

「あの老人は、生まれたばかりのおまえを両手で高く掲げて、出産直後で身動きできない小雪に言ったんだそうだ」

――儂《わし》の言うことを聞かなければ、どうなるかわかっているな？

子供の命を盾に取られて脅迫されてしまってはもうどうにもならず、泣く泣く小雪は望まぬ相手の元へと嫁いでいった。

思いがけず若く美しい妻を得たその男は、祖父に命じられるまま、彼女をほぼ軟禁状態にする。持病と高齢のせいで美しい妻を女として愛することができなかった男は、彼女を飾り立てては眺めて撫でて、まさに人形のように愛でていたという。

「そんな彼女の境遇に同情する人が内部にいてね。こっそり俺との橋渡し役をしてくれた」

ふたりは、細々ながらもずっと密《ひそ》かに手紙のやり取りを続けていたのだという。

「おまえの写真を、彼女に何度も送ったよ」

育ての母親と公園で遊ぶ姿や、学校への登下校の様子を父親は写真に撮ったのだと言う。

「僕の？　あなたから写真を撮られた覚えはないけど……」

というか、そもそも一度も会ったことがないはずだ。

それを指摘すると、見つからないようにこっそり撮っていたのだと、父親は言った。

「それは……隠れなくちゃいけない理由があったってことですね？」

「そうだ。……おまえはもう、言わずとも、そういうことを自然に察してくれる年齢になってしまってるんだよな」

父親は少し切なそうな表情で、その理由を説明してくれた。

母親と同じように、彼にも祖父は仕返しをしたのだ。

それも、征治本人にではなく、その周囲の人々を苦しめる方向で……。

まず最初に、ふたりが頼って行った親戚の旅館に事実無根の悪い噂が立った。

そして、征治の父親が経営していた小規模な運送会社が、理由も知らされないまま取引先から手を引かれるようになった。

「なんとも質《たち》の悪いことに、一気に潰《つぶ》れるほどの圧力はかけてこないんだよ。ギリギリのラインで嫌がらせをして、なんとかこちらが立ち直りかけたところで、また同じことを繰り返すんだ。直談判《じかだんぱん》に行ったこともあるが、自分がやったという証拠はあるのかとせせら笑われた。——それなのに、今後、娘と孫に接触するようなことがあったら、こんなものでは済まないからな、と……。孫の安全も保障できないぞと仄《ほの》めかされたよ」

（そうか、それで……）

それでは、自分の子供と親族とを人質に取られていたようなものだ。

周囲の人の目に触れぬよう、朔に気づかれないように見守ることしかできなかったのはそのせいか。

「それでも、どうしても我慢できずに、一度おまえを連れ出そうとしたことがあったんだよ」

「記憶にないです」

「うん。……その途中で、おまえの育ての母親に見つかって止められたからね」

——いま連れ出して、この子を守れるの？　恋人を奪い取られたあなたに、この子が守れるの？　同じことを繰り返すだけなんじゃないの？

朔の育ての母は、そう父親に詰問したのだそうだ。

実の親と暮らす幸せを知った後で無理矢理引き離されるようなことになったら、朔がどれほど傷つくことになるか。今はなんとか辛抱させているけれど、事実を知ればさすがに祖父に対して反抗するようになるだろう。

そうなったら、あの陰湿な老人が、朔になにをするかわかったものじゃない。

——朔に近寄るなという自分の命令に逆らったあなたに対する報復を兼ねて、まだ小さいこの子の心と身体に取り返しのつかない傷をつけてしまうかもしれないのよ。

それだけは避けなければと、育ての母は言ったのだそうだ。

この子は自分が守る。

だから、その間にこの子を取り戻す力をつけてと……。

「……その力を得る前に、彼女は亡くなってしまっていたようだが」

「僕が中学に上がる前の年に亡くなりました」

ある朝、離れで目が覚めたとき、隣りに眠る彼女はすでに冷たくなっていた。

穏やかなその死に顔に、なんだか酷く安堵したのを覚えている。

「そうか。そんなに早く……」

祖父は彼女の死を内々で処理して葬式すらあげてくれなかったから、屋敷の外にその事実が伝わらなかったのも当然だ。

「彼女に叱責《しっせき》されてから、同じことを繰り返すわけにはいかないと、あの老人の嫌がらせに耐えながらがむしゃらに頑張ったよ。親戚の旅館のほうは一年ほどで嫌がらせが止んだが、俺の実家のほうへの嫌がらせはその後もずっと続いた」

「今も？」

「今はもう大丈夫。あの老人の理不尽なやり方に怒りを覚えて、協力しなくなった人も少なからずいるし、新しく何年もかけてあの老人の影響を受けない取引先を開拓したからね」

嫌がらせをされたとしてもさしたるダメージを受けずに済むと確信できるようになったとき、父親はこれでやっと朔を取り戻せるかもしれないと希望を抱いたのだそうだ。

ちょうどその頃、朔が生き人形として好事家に売りに出されるという噂も耳に入ってきた。

「あれは、たぶんわざとだったんだろうな。あの老人は、俺達を苦しめるために、わざとその噂を俺の耳に届けたんだ」

そして同時期に、母親が嫁いだ高齢の男性が、かねてからの持病の合併症で急死する。

自由になった母親はすぐに父親の元に走り、朔を返してくれと、ふたりで祖父に直談判に行ったのだ。

「ふたりで、僕を迎えに来てくれたんですか？」

「そうだよ。……ただ、おまえはもうあそこにはいなかった」

それは何年前の話なのかと聞いたら、六年前だと父親は答える。

それは、ちょうど朔がヴィクトルに引き渡された頃だった。

（そうか……。だから急に売られることが決まったんだ）

再会した両親が朔を迎えに来る前にと、祖父は慌てて予定を繰り上げたのだろう。

まだ交渉の場についていなかったはずのヴィクトルにすんなり売り渡したのも、朔を海を越えた異国に追い出すためだったのかもしれない。

祖父はそこまでして、両親に朔を渡すまいとしたのだ。

息子を返せと両親が訴えると、

──少し遅かったな。朔なら、もう死んだぞ。

祖父は、そう言ってせせら笑ったのだそうだ。

「それを信じたんですか？」

「ああ。……肺炎による呼吸器不全で死んだという死亡証明書を見せられたし、ご丁寧に墓にまで案内されてね」

後日、戸籍を調べてみたが、やはり正式に死亡届が出されていた。

「小雪は……お母さんは、おまえを取り戻すことだけが生きる希望のようなものだったからね。その後、ショックで体調を崩して、立ち直るまでに随分かかったよ」

正式に妻となったかつての恋人を慰めながら支える日々の中、それでも父親は諦めきれずにいたのだそうだ。

「あの性根の腐った老人が、墓の在処《ありか》を教えてくれるだなんて親切な真似をするわけがない。違和感を感じたんだ」

もしも本当に死んでいたのだとすれば、その墓の在処を教えてはくれないだろう。供養などさせるものかとせせら笑い、なにがなんでも最後まで朔の居場所を隠し通そうとするはずだと……。

「とはいえ、そんな疑いは小雪には話せなかった。下手に期待を持たせて、また駄目だったとなったら、今度こそ壊れてしまいそうだったからね」

そして父親は、事情を知る知人達に朔の子供の頃の写真を渡して、もしも似ている子を見つけたら連絡して欲しいと頼んでいたのだそうだ。

母親そっくりの人形のように愛らしいその顔はとても目立つ。

だから、生きていれば、いつか必ず見つけられるはずだと信じて……。

そして先日、とうとうある知人から、おまえの子を見つけたかもしれないという知らせが届いた。

「知人の娘さんが京都へ花見に行ったときに撮った写真に、おまえが写っていたんだ」

父親はシャツの胸ポケットから、一枚の写真を撮り出した。

そこには、軽く屈んで桃太郎になにか話しかけている和服姿の朔の姿が写っていた。

「そっか。この日は、知らない人から随分と写真を撮られたから……」

その中の一枚がこれなのだろう。

「金髪の外人さんと長髪で和服姿のおまえと、それにこのボルゾイはかなり目立っていたようだな。知らせを受けてから慌てて捜したんだが、ネットで情報を求めたらけっこうあっさり足取りが追えたよ」

たいそう目立つ組み合わせのふたりと一匹は、これまた世界でも数少ない特別仕様のリムジンに乗ってのんびり移動していたのだ。

確かに足取りを追うのは簡単だっただろう。

「最終的に、あのあたりだってところまで突き止めたら、もういてもたってもいられなくなってね。昨日からずっとあの家の周辺をしらみつぶしに捜していたんだ。——そうしたら、あのボルゾイに吠えられた」

いい番犬だなと言われて、朔は少し得意になって微笑んだ。

「モモ——桃太郎っていうんですよ。あの子は、僕が子犬の頃から育ててるんです」

「そうか」

釣られたように父親も微笑んだが、その笑顔は長続きしなかった。

急にくしゃっと崩れ、慌てたように手の平で目元を隠す。

「……生きててくれて……よかった。本当に、よかった」

その声の震えが、父親の胸の内を雄弁に物語っているようで、朔は胸が熱くなった。

★

「僕の戸籍って、どうなっているんですか？」

すべてを話し終えた後で、朔が聞いてくる。

「引き取った後で、新しく作ったんだよ」

違法だがね、とヴィクトルは答える。

——儂が、あの女の面倒を見てやっていたのは誰もが知っている。その子供ともなれば、困ったことに儂の種だと勘違いする者もおる。それが不愉快でね。

だから死んだことにしておきたいのだと、あの老人は言った。

それを認めるならば朔を譲ってやると……。

「未成年の子供を金で売ろうだなんて酷い輩《やから》とは、いっそ完全に縁が切れたほうが幸せだろうと思ったんだ。だが、まさか、そういう事情があったとは……」

「ヴィーちゃんは、僕がお祖父《じい》さまの孫だってことも、僕が話すまで知らなかったんですもんね」

「そうだったね」

——戸籍がなければ死人も同然だ。煮るなり焼くなり、あんたの好きにしろ。

あの老人は、そんなことまで言って、朔を引き渡した。

煮る気も焼く気もなかったヴィクトルは、老人には黙って朔の戸籍を新たに作ったのだ。

(実の孫相手に、なんて酷いことを……)

ただただ嫌悪しか感じない。

そんな事情をなにも知らず、危ない目に遭いかけていた可哀想な子供を助けてあげたと自己満足に浸っていたあの日の自分の愚かさには怒りすら感じる。

あの老人に会ってすぐ、信用できない人間だと直感していたのに、その言葉をただ鵜呑《うの》みにしてしまったのだから……。

(調べてみるべきだった)

そうしていたら、朔はもっと早くに両親と再会できていたかもしれないのに……。

「すまないことをしたね」

ヴィクトルが謝ると、朔は不思議そうに首を傾げた。

「どうしてヴィーちゃんが謝るんですか？」

「きちんと事実確認をしてあげられなかったからだよ」

そうしていたらもっと早くに……と続けかけて、ヴィクトルはふと気づいた。

(どうして、カグヤヒメはこんな辛そうな顔をしているんだ？)

すべての誤解が解け、両親と再会できたのだ。

捨てられたわけではなく、ずっと望まれ、愛されていたのだとわかったのだから、もっと喜んでしかるべきではないのか？

「カグヤヒメ？」

「はい」

「ご両親と再会できたこと、嬉しくはないのかい？」

「それは……嬉しいです」

だが朔は、ちっとも嬉しそうじゃない。

「まだ、なにか僕に隠していることがあるんだね？」

話して、と促すと、朔は深く俯いてしまう。

またたんまりを決め込む気なのかと思ったのだが、朔は俯いたままぼそっと言った。

「両親から、戻っておいでと言われました」

「え？　戻るって……」

一瞬、言われた意味がわからなかった。

だが、すぐに腑《ふ》に落ちる。

「ああ、そうか……。家族で暮らそうと言われたんだね？」

ヴィクトルの問いに、朔は俯いたままで小さく頷く。

「そうか」

朔はすでに二十歳、日本においても成人に達している年齢だ。

両親に養育の義務は発生しない年齢ではあるが、赤ん坊の頃に奪い取られたまま我が手で育てることができなかったのだから、両親としては是非とも朔を手元に取り戻したいはず。

となると、ヴィクトルは朔を失うことになる。

（……僕のカグヤヒメ）

最初は、生き人形として売られそうになっている可哀想な子供がいると聞いて、義憤に駆られて助けに行っただけだった。

救出した後は、信頼できる養父母を捜して預けてしまおうかと思っていたのだが、ひとめその姿を見て気持ちが変わった。

竹細工のベンチにちょこんとお行儀良く腰かけて、ぼんやりと月を見上げるその姿は、まさに一点ものの高価な人形のようだった。

月明かりに艶々と輝く黒髪、そして白い頬。

少し寂しそうに月を見上げるその瞳に、カグヤヒメの伝説を連想して、その名を呼んだ。

びっくりするぐらい大きな目で見つめられ、少し寂しそうなその目と視線が合ったとき、なぜかぎゅっと心臓を摑まれたような気分になった。

それで思ったのだ。

この子は自分が助ける。

助けて、そしてどんな望みも叶えて、この手で幸せにしてあげると……。

「カグヤヒメ？」

はじめて会った日のように話しかけると、朔はぱっと顔を上げた。

「君は、僕の元で幸せだったかい？」

「はい！　もちろん幸せです！」

この上もなく……と、大きな鳶色の目が真剣に訴えてくる。

「……そうか。それならいい」

ヴィクトルはその答えに満足した。

(僕の望みは叶った)

寂しそうな目をしていたあの子は幸せになったのだから……。

だから言ったのだ。

「ご両親の元に帰ってあげるといい」

理不尽に奪われた宝を、両親の手に返してあげよう。

朔にとっても、きっとそれが一番の幸せのはずだ。

そうヴィクトルは信じた。

「帰っても……いいんですか？」

大きく目を見開いたまま朔が真剣な表情で聞いてくる。

その声が震えているのはどうしてだろうと思いながら、ヴィクトルは頷いた。

「もちろん。君は自由なんだから……。——そうだ。環境が許すなら、モモタロウも連れて行くといい。そのほうがモモタロウにとっても幸せだろうからね」

「……わ……かりました」

長い睫毛《まつげ》がふるふると揺れて、やがて鳶色の目が伏せられる。

「——長い間、お世話になりました」

朔は畳に両手を突いて、深々と頭を下げた。

その背中から、長い髪がさらりとしなやかに滑り落ちて畳の上に落ちる。

そのまま、朔はいつまでも頭を上げようとしない。

「カグヤヒメ？」

不思議に思い、軽く屈んで覗き込むと、黒髪の間から畳の上にぽたりと雫が零れるのが見えた。

朔の華奢な肩は小刻みに揺れている。

「泣いているのか？」

驚いたヴィクトルが抱き寄せようと手を伸ばす前に、朔はすっと身体を引くとそのまま逃げるように部屋から出て行ってしまう。

朔に寄り添って伏せていた桃太郎も、慌ててその後を追いかけて行く。

（どうして泣くんだ？）

朔は、嬉しいときは嬉しいと素直に言う。

だからあの涙は、喜びの涙ではない。

（僕との別れを惜しんでくれたのか？）

だが、もしそうなら、あんな風に逃げるように立ち去る必要はないはずだ。

別れのときまで、なるべく長く側で寄り添うだろう。

（では、どうして？）

ヴィクトルには、その理由がわからない。

わからないまま朔の元に行ったとしても、慰めの言葉ひとつかけることもできないままに、また逃げられるかもしれない。

困惑したヴィクトルは、その場から動けなくなってしまっていた。

★

（だから、話したくなかったのに……）

両親のことを言えば、絶対にこうなるだろうという予感があった。

だからこそ悩んでいたのだ。

朔は泣きながら、普段は使っていない、以前住んでいた老夫妻が書斎として使っていた部屋に逃げ込んだ。

障子を閉めかける寸前に桃太郎が追いついてきて、無理矢理部屋に入ってきたものだから、危うく挟みかけた。

「モモ、危ないよ」

声をかけると、きゅうんとすり寄ってくる。

朔が泣いているのを心配してくれているのだ。

「ありがとう。——おまえは、これからも僕と一緒だからね」

きちんと障子を閉めてから、ぺたんと畳の上に座って桃太郎の首に抱きつく。

桃太郎の本来の主はヴィクトルだが、出張ばかりで滅多に帰ってこないせいもあって、子犬の頃からずっと面倒を見てきた朔のほうに懐いている。

ついこの間も朔の不在で元気がなくなったりしたから、自分の元に置くよりはいいだろうと、ヴィクトルは朔に譲ってくれたのだろう。

(ヴィーちゃんは優しいから……)

それが桃太郎の幸せだと判断した上で、ヴィクトルはそう決めたのだ。

朔に両親の元に戻るように言ったのも、やはりそれが朔にとっての幸せだと判断したから。

自分の元にいるよりも、両親の元に戻ったほうが朔は幸せになれると……。

でも、その判断には、朔個人の感情は加味されてはいない。

「朔、帰っておいで」

すべての事情を話し終えた後で、父親は真剣な表情でそう言った。

今おまえが、いったいどういう状況にいるのか、私達にはわからない。もしも、世話になっている人に対する借財があるなら、すべて自分がなんとかする。

だから、帰っておいでと……。

それは、祖父が朔を生き人形として売るという噂を耳にしたことがあるだけに、最悪の状況をしっかり覚悟しての言葉だった。

それを悟った朔は、慌てて、違うんですと否定した。

「僕はあの人に助けてもらったんです。とてもよくしてもらって、幸せに暮らしてきました」

ヴィクトルとの関係は、すべて朔自身が望んだことだ。

最初に望んだように唯一無二の恋人として愛されることはなかったけれど、それでもいいと恋人という名のヴィクトルのベッドを飾るコレクションのひとつに自ら望んでなったのだから……。

「それなら、帰って来れるね？」

「それは、あの……」

両親に会えたことは嬉しかったが、それとこれとはまた違う話だ。

ヴィクトルは朔にとっての世界のすべてで、彼がいない場所で生きたいとは思えない。

とはいえ、赤ん坊のときに失った我が子を取り戻したいと願う両親の気持ちもわかる。

朔は困ってしまった。

「帰りたくないわけじゃないんです。でも、僕は……」

「向こうでの生活に未練があるのか」

本当に幸せに生きてきたんだなと、父親は少しほっとしたような顔をした。

そして言ったのだ。

「それなら、一度、おまえがお世話になっている人に挨拶《あいさつ》させてくれないか？」

親としてお礼が言いたいと言われて、朔はまた困ってしまった。

そして、酷く不安にもなった。

両親は朔のことを、ずっと忘れずに思い続けてくれていた。

そんな両親と直接会ってしまったら、ヴィクトルはあっさり朔を手放してしまうのではないかと……。

(ヴィーちゃんは優しいから……)

両親の愛情に共感して、ほだされる可能性は大きい。

元々、ヴィクトルはなにものにも執着しない人だ。

生まれつき恵まれた存在であるが故に無欲で、苦労して収集したコレクションであっても、そのコレクションへの愛情が自分と同等か、もしくはそれ以上と認めた者には、実に気前よく譲り渡してしまう。

この件に関しても、同じことになりそうな予感があった。

朔を思って心を痛め続けていた両親が望むのならば、朔を譲り渡してもいいと。

誰よりも大切にされてはいるものの、ヴィクトルにとっての朔は、恋人という名の複数いるコレクションのひとつであって、けっきょくは替えが利く存在でしかない。

替えの利かない我が子を思う、実の親の強い思いには叶わないからと……。

だから朔は、悩んでいたのだ。

両親と会えたことを、ヴィクトルに打ち明けるべきかと……。

(打ち明けなくても、いずればれるだろうけど……)

このまま黙ってロシアに帰ってしまったとしても無駄だろう。

この家の場所が知られてしまっているのだから、その名義からヴィクトルの存在は簡単に探り当てられる。

両親は、やっと出会えた我が子との繋がりを決して手放しはしないだろう。

そう確信できるのは、嬉しい。

嬉しいけど、辛い。

この事実が知られたら、ヴィクトルに手放されてしまいそうだから……。

だから朔は、ここに、ヴィクトルの側に居続けるために、いったいどうしたらいいのだろうかと悩み続けていたのだ。

その答えが出ないうちに、ヴィクトルが帰ってきた。

そして、悪い予想は的中した。


(止めて欲しかったのに……)

でも、そうならないことも最初からわかっていた。

「モモ、僕……捨てられちゃったよ」

ヴィクトルからすれば、捨てたのではなく、本来あるべき場所に返却したということになるのだろう。

だが、朔にとっては捨てられたも同然だ。

美術品のコレクション達とは違って朔には感情がある。

本来あるべき場所より、もっと大切で、ずっと居たいと願う場所があったのだから……。

(どこにも行きたくないって、ちゃんと伝えてあったのに……)

それでも、捨てないでと訴えることはできなかった。

朔にとって、ヴィクトルの言うことは絶対。

ヴィクトルの願いを叶えることがなによりも重要で、自分の想いは二の次だったから……。

(カグヤヒメ……か)

まさに、そうだったのだと今になって思う。

地上で育ち、月に帰るお姫さま。

ヴィクトルは、悪い翁《おきな》からカグヤヒメを助けて守り育ててくれた。

そして伝説通りに、カグヤヒメは本来いるべき場所に帰る。

カグヤヒメというあだ名をつけられたときから、こんな別れが来ることを覚悟しておかなければならなかったのかもしれない。

(僕は……僕はここにいたかったのに……)

ヴィクトルの側にいたかった。

それだけが朔の祈り。

それだけが朔の望みだったのに……。

だが、願いは叶わなかった。

「モモ、僕、捨てられちゃった。……捨てられちゃったんだよ」

朔が何度も繰り返す悲しい呟きに、桃太郎はきゅうんと心配そうに答える。

その夜、朔は、桃太郎の首にしがみついたまま、ひとり切なく泣き明かした。

5

翌日、朔は両親の元に戻ることにした。

ずるずるとここにいても辛いだけだと思ったから。

元々、ロシアに戻るつもりで荷造りも終えていたから、移動するにもたいした手間はかからない。

ロシアにある私物はどうするかとヴィクトルに聞かれたが、元々すべてヴィクトルに買い与えてもらったものばかりで、自分のものだという感じがしないから、そちらで処分してくださいと頼んだ。

「お世話になりました」

もう一度深々と頭を下げると、ヴィクトルは「幸せになるんだよ」と別れの言葉をくれた。

微笑むその顔が少しだけ翳っているようにも見えて、少しはこの別れを悲しんでくれているみたいでちょっとだけ嬉しかった。

両親は、大喜びで朔を迎えてくれた。

自分の部屋をもらい、桃太郎を家の中で世話してもいいと言ってもらえた。

一安心したところで、今さらだが悩む。

（家族って、どうやればいいんだろう？）

普通の暮らしを一度もしたことがないから、そこからしてまずわからない。

お客さんだったら、ソファにでも座ってまったりしていればいいのだろうが、そうではないのだ。

これからずっとこの家の家族の一員として暮らしていくのだから、それなりに家族としての役割みたいなものを果たすべきなのではないか？

悩んだ末に、なにか手伝うことはないかと母親に聞いてみた。

ロシアの屋敷で世話になっている間に、料理や掃除、庭仕事などを使用人達に教わってきたから、ロシア風ではあるものの大抵のことはできると。

「あら、凄いのね。でも、しばらくの間は私達に甘えてちょうだい。あなたの面倒を見てあげたいのよ」

それよりも、と母親はいそいそと古いアルバムを持ってきて朔の前で開いた。

中には、父親が隠し撮りしたという、朔の子供の頃の写真が貼ってある。

「これ、おにいちゃんだ」

「そうよ。お兄ちゃんよ」

誠が嬉しそうに写真を指差し、母親が穏やかに応じる。

同じ写真を父親も持っていて、やはりきちんとファイルしているのだそうだ。

私達の宝物なのと、母親は微笑む。

隠し撮りだけあって、正面から写っている写真は一枚もない。

横顔だったり、後ろ姿だったりと、普通だったら失敗作として脇に寄せられそうなものばかりだ。

（苦労して撮ったんだろうな）

写真に小さく写った横顔を、どんな思いで見つめてくれていたのだろうかと想像すると、少し胸が詰まるような思いがする。

「あ……この写真」

それは朔がまだ小学校に上がる前の写真だった。

近所の小さな公園のブランコで遊んでいる朔を見守るのは、懐かしい育ての母。

「妙《たえ》さんね」

「知ってるの？」

「ええ。……ずっと同じ敷地内で暮らしていたから」

「そっか。そうだったね」

祖父の愛人として、彼女は若い頃から屋敷内の離れでずっと暮らしてきたのだ。

母親が知っているのも当然だろう。

そして、逆もまた然り。

（妙さんも、お母さんのことを知っていた）

知っていても教えてくれなかったのは、彼女がそれをできる立場にいなかったせいだろう。

彼女を祖父に売り渡すことで破産を免れた彼女の親兄弟は、いまだに祖父の子飼いの存在に甘んじているのだから……。

話せない代わりに、今は辛抱しなさいと言い続けてくれていたのだ。

いつか必ず両親が迎えにきてくれるから、投げやりになって自分で自分を貶《おとし》めたりせず、それまでじっと辛抱しなさいという想いを込めて……。

「妙さんは、あなたに優しくしてくれた？」

「そうだね。行儀作法に厳しくて、よく扇子《せんす》とかで叩かれたけど……。優しかったと思う」

自分はだらしなくテーブルに頬杖《ほおづえ》をついていたくせに朔にはそれを許さず、いつも綺麗な姿勢でいるようにと言われ続けていた。

箸《はし》の持ち方が違うと、ペチッと手の甲を叩かれて泣いたこともある。

（執事さんにも、姿勢がいいって誉められたっけ……）

自分は、彼女から大切に育ててもらえていたのだ。

「この写真、もらってもいいかな？　妙さんの写真一枚も持ってないんだ」

「もちろんよ」

「ありがとう」

朔は貰った写真を手の平に載せて、懐かしく見つめた。

甘えろと言われても、さすがになにもしないでいるのは退屈だ。

だから朔は、一番馴染《なじ》んでいる庭仕事に手を出すことにした。

麦わら帽子に三つ編みにした髪を首に巻き付ける定番スタイルで、伸び放題の雑草の退治をはじめたら、それをやっといてもらえると日曜日にゆっくり休めると父親に大喜びされた。

日本の狭い家に馴染むのは大変かなと心配していた桃太郎は、案外あっさり慣れた。

そして今は、朔ではなく、弟の誠にべったりくっついている。

懐いたとか遊び相手認定したわけじゃなく、どうも誠を自分より弱い存在だと認識したようで、側にいて守ってあげているつもりらしい。

甘ったれで無邪気だったのが、ここにきて急に大人びてしまって、朔はなんだかその成長に取り残されてしまったようでちょっと寂しい。

だが、弟に寄り添う桃太郎を見ていると、優しい気持ちにもなる。

(フレイヤもあんなだったな)

ロシアに渡り、まだ言葉に不自由していた頃、いつも通訳と一緒に行動するわけにもいかず、使用人達とうまく意思の疎通ができなくて落ち込みがちだった朔の側で、いつも寄り添って励ましてくれていた。

言葉が通じなくても、その優しさに確かに朔は救われていた。

(僕は、ずっといろんな人に優しくしてもらってきたんだ)

育ての母の不器用な愛情に、フレイヤの無言の労《いたわ》り、執事をはじめとするロシアの屋敷の使用人達の朗らかな気さくさ。

思い返すと、いつもそんな優しさが自分を守っていてくれた。

そしてヴィクトルは、祖父によってねじ曲げられ、闇の中にいた自分を明るい場所に引き上げてくれた。

温かく安心できる居場所を与えてくれた。

(……いつももらってばかりだ)

ロシアのあの屋敷に引き取られてから、大人だらけのあの屋敷の中で大切に守られている間に、常に庇護《ひご》される立場にいることが当たり前になってしまっていたような気がする。

(僕は、あまり変わってないのかもしれない)

ロシアに引き取られた十四歳の頃から、精神的にさほど成長した気がしない。

ヴィクトルとの関係に悩んだこともあったけど、いつも最後には、変化を望まず、現状を維持する道ばかりを選択してきた。

変化することで、目の前にある幸せを失うのが怖かった。

(きっと、そうするのが一番楽で安心できたんだ)

自分から変化を望んだことはないし、なにかを獲得しようとしたこともない。

一生懸命勉強してきたけど、それだってヴィクトルに楽しい時間を過ごしてもらうため。髪を綺麗に伸ばしたり爪《つめ》を綺麗に整えたりするのだって、自分を磨こうと思ってのことではなく、ヴィクトルに可愛いと思ってもらうためだった。

ヴィクトルに望まれる『カグヤヒメ』としての自分を磨くばかりで、奥野朔という名の本来の自分を、ずっと故意に放置し続けてきた。

(でも、僕はもうカグヤヒメじゃない)

ヴィクトルのカグヤヒメは、お月さまに帰ってしまった。

ここからは、自分で自分の在り方を決めていかなければ……。

(……僕の望み)

ヴィクトルの側にいること、それだけをずっと望んできた。

どんな形でもいいから、ずっと側にいたいと……。

親の元に戻ってあげなさいと言われ、ヴィクトルの庇護を離れた今の自分は、もうカグヤヒメとして彼の側にいることはできない。

(なんで僕、大人しく出て来ちゃったんだろう?)

今になって、そんな後悔が胸をよぎった。

嫌だと言えばよかった。

両親とは会えただけで満足だから、このままヴィクトルの側にいたいと言えばよかった。

あなたの側にいることが自分の幸せだから、どうかこのまま側に置いてくれと懇願すればよかったのだ。

なのに、できなかった。

断られることを恐れたのではない。

ヴィクトルの言葉に従うのが当然だと思っていたからだ。

（そっか……。僕、ヴィーちゃんのオネガイを無条件で聞く癖がついちゃってるんだ）

はじめて会ったあの夜以来、朔がかかっている『ヴィーちゃんのオネガイならなんでも叶えてあげたい病』の症状がでてしまったのだろう。

でも、それも終わりだ。

カグヤヒメごっこはもう終了したのだから……。

（それなら、どうすればいい？）

どうすれば、自分の望みは叶うのだろうか？

ヴィクトルの側にずっといたいという願いは……。

（橘さんは、凄く頑張って、初恋の人がいる会社に入社したって言ってたっけ……）

朔の両親だって、今の幸せを手に入れるために、何年も堪え忍び努力し続けてきた。

望みを叶えるためには、そのための忍耐と努力が必要なのかもしれない。

与えられた幸せが消えた今、それをもう一度取り戻すために。

自分の力で、自分の望みを勝ち取るための努力が……。

(なにからはじめたらいいのかな？)

朔ははじめて、自分の人生を自分の意志で切り開こうと考えはじめていた。

☆

「朔、やっと今日から秋原《あきはら》の姓《せい》を名乗れるぞ」

実家に戻って一ヶ月がすぎた頃、父親が嬉しそうに言った。

朔は元々、祖父によって育ての母の姓、奥野で戸籍に登録されていて、ヴィクトルが新たに戸籍を作ってくれたときも、やはりそのままの姓になっていた。

すでに成人している身だし、朔自身はそのままでも構わなかったのだが、両親の立場としては、やはりこれはどうしても許しがたい話だったらしい。

ヴィクトルと相談して、朔を両親の実子として戸籍に登録すべく法的にきちんと処理してくれたのだとか。

それと同時に、祖父につけられた朔という名を改名する気はないかと両親に聞かれた。

ずっと使っていた呼び名だけに愛着もあるかもしれないが、せめて祖父から悪意を持ってつけられた名の漢字だけでも変えないかと。

「花が咲くの『咲』で、サクと読ませるのはどうかしら？」

母親がそんな風に提案してくれた。

その気遣いはとても有り難かったし嬉しかったが、朔は今のままでいいと断った。

底なしの祖父の悪意を知っていたからこそ、ロシアで出会った人々の善意が本当に身に染みてありがたかった。

闇にまつわる名を持ち続けていくことで、明るいもの、綺麗なものを貴いと思える気持ちをこれからも持ち続け、よりよく生きようと思えるような気がするのだ。

父親から聞いた話だが、朔から両親の話を聞いたヴィクトルは、温厚な彼にしては珍しくかなり怒っていたようで、祖父に対して現在かなりの圧力をかけているらしい。

直接的な手段を講じないのは、政治的、経済的な影響を考慮してのことだと聞いている。

一気に潰せば影響が大きすぎるから、じっくり懲らしめてやろうという目論見《もくろみ》だ。

ヴィクトルが所属するゼレノイ社のご機嫌を取りたい日本企業は、軒並みヴィクトルの意向に勝手に続々と従っているとかで、その影響で圧力は加速度的に大きくなっているようだ。

（因果応報だな）

祖父は、自分がかつて朔の父親達にしてきたことを、今やり返されているのだ。

祖父の強権政治を甘んじて受け入れてきたその親族達は、この事態にこのままでは危ないと色めき立っていて、祖父を権力の座から引きずり降ろすことで機嫌をなおしてはもらえないかと、密かに打診してきていると、ヴィクトルの代理人が父親に教えてくれたそうだ。

朔の戸籍に関する問題もこの代理人が交渉に当たってくれていたのだが、一度だけ父親が直接ヴィクトルと会う機会があった。

おまえも一緒に来るかと父親に誘われたが、朔は思い切って断った。

カグヤヒメであることを止めて、自力で人生を切り開こうとしているしょっぱなから、父親の付き添いでヴィクトルに会えるという、この降って湧《わ》いた幸運に甘えるわけにはいかない。

与えられる幸運に甘える時代はもう終わったのだ。

そして今、朔は毎日真剣に勉強している。

はじめのうちは、成人した身で両親に甘え続けるのはよくないと考えた。

以前橘から聞いた、彼の学生時代の苦労話の影響でもある。

ファミレスでもコンビニでもいいから、とりあえずバイトしながら勉強しようとしていたのだが、それは両親から止められた。

朔の学歴が中学の途中で終わってしまっているのは、元はといえば親世代のトラブルが原因なのだから、親としての責任をまず取らせて欲しいと言われたのだ。

とりあえず高卒認定試験を目指して勉強しようと促され、父親の友人だという高校教師に手伝ってもらって学力のほどを確かめてみた。

ロシアでもそれなりに勉強していたが、執事が選んでくれた家庭教師達がいったいどの程度の学力を朔に与えてくれていたのかがわからなかったからだ。

その結果、驚いたことに、物理や生物などの分野が少々手薄だったものの、朔の学力は大学レベルにまで達していた。

ロシアで育ったとはいえ、日本贔屓《びいき》のヴィクトルが送ってくる日本絡みの書物などを大量に読んでいたお蔭で、国語や日本史に関しての理解もそこそこのものらしい。

これならば、十一月の高卒認定試験を余裕で受けられると言われて、今はそれに間に合うように勉強中だった。

そして、その次は大学受験で、最終目標はゼレノイ社の入社試験だ。

以前、ヴィクトルが日本に支社を作る計画が上がっているといっていたから、そこを目指すつもりでいる。

もしも日本で社員を募集しないのならば、ロシアの本社の募集に申し込む。

ロシア語を自在に話せる朔にとって、それは決して夢物語ではないはずだった。

(同じ会社に入れば、きっと、あの人に会える)

以前、橘に聞いた初恋話をヒントにしたのだ。

これから大学を卒業して首尾良く入社できたとすれば、最短で五年後くらいか。

そのとき朔はまだ二十代半ば、まだ充分にヴィクトルの興味を引ける年齢だ。

（諦めるもんか）

自力でヴィクトルのいる世界に辿り着き、絶対に彼と再会する。

そして、恋人の地位を、今度は自力で取りに行く。

もちろん、恋人という名のコレクションに甘んじるのではなく、唯一無二の恋人の地位を目指すのだ。

駄目で元々、一か八かだ。

玉砕なんて怖くない。

朔の望みは、ヴィクトルの側にいること。

その幸福を手に入れるために努力する人生を、朔は自分の意志で選択した。

たとえ努力だけで終わったとしても、絶対に後悔はしない。

（満足もしないだろうけど……）

今の朔は、この世に生きるすべての人が、望んだ幸福のままに生きられるわけじゃないと知っている。

でも、努力の末に、望んだ幸福を手に入れた人々も知っている。

知っているからこそ、夢を抱いて努力できる。

幸福になるために努力し続ける人生というのも、決して悪くはないと思うのだ。

夜明けを迎えたばかりの早朝五時前、朔は桃太郎のリードを手に散歩のために家を出た。

七月ともなると、日中はけっこう日差しも強く、気温も高い。

ロシア生まれロシア育ちの桃太郎にはそれがかなり厳しいようなので、気温が上がる前のこの時間帯に、近場のドッグランがある公園まで散歩をするようにしているのだ。

「モモ、真夏になったらどうしようか？」

ご機嫌で、ととと……と歩いていた桃太郎は、朔の声に、ん？　と顔を上げた。

「日本の夏は暑いぞぉ。肉球を火傷《やけど》しちゃうかもよ」

ドッグランみたいに草や土のあるところならいいが、問題はそこに至るまでの道路だ。

これ以上気温が上がったら、夜になってもきっとアスファルトに籠《こ》もった熱はまったくと言っていいほど下がらなくなる。

湿度の高い蒸し風呂のようなこの気候に、ふさふさした毛並みの桃太郎がどこまで堪えられるか……。

（家の庭がもうちょっとだけ広かったら、まだなんとかなるんだろうけど……）

普通の家よりは広いものの、大型犬である桃太郎にはちょっと足りない。

せめて、欅の木があるあの古い家の庭ぐらいの広さがあればいいのだが……。

非常に悩ましい問題だった。

父親に一度相談してみたら、北海道にいる知人に預けるかと言われた。

だがその場合、周囲が知らない人ばかりでは、少し大人びたとはいえ桃太郎が不安がるのは必至だ。

かといって、朔が一緒に行くわけにもいかない。

う〜んと悩みながら公園に向けて歩いていると、不意に桃太郎が、ぐいっと強くリードを引っ張った。

「モモ、どうした？」

見ると、桃太郎はなにやら千切れんばかりにぶんぶんと嬉しげに尻尾を振っている。

その視線の先を辿っていった朔は、あるはずのないものをそこに見つけて、思わず立ち止まった。

（……幻覚……のわけないか）

ちょうど三十メートルほど先にある電信柱から、朝日を浴びてきらきらと輝く綺麗なプラチナブロンドの髪がはみ出している。

ついでに、その本体も三分の一ほどはみ出していて、どうやらこちらをこっそり覗き見ているつもりのようだ。

普段の散歩コースだと、その電信柱の二十メートルほど手前にある角を曲がることになる。

こちらが気づかなければ、すれ違うことのない場所ではあるのだが……。

(あれで気づかないわけないよなぁ)

遠目でも、あの綺麗なプラチナブロンドは目立つ。

しかも、彼の後方に、鍛えられた肉体の黒服のボディガードがふたりいて、これまたやたらと目立つ。

ボディガード達は、朔がヴィクトルに気づいたのを見て取ると、肩を竦め、こちらに向けて気さくに手を振ってくる。

その顔に浮かんでいるのは、明らかに苦笑。

旦那さまの酔狂な行動につき合わされちゃって困ってるんだと言わんばかりだ。

「モモ、この場合、声かけたっていいと思うよな?」

朔の問いに、桃太郎は尻尾をまたぶんぶんと振った。

幸運に甘えるのは止《よ》そうと一度は会いに行くのを我慢したが、拾ってくれといわんばかりに道端に落ちている幸運はさすがに拾わずにはいられない。

さっそく拾っちゃえと、プラチナブロンドがはみ出した電信柱に向けて走り出す。

目的地に到着した朔は、電信柱に隠れていた青い瞳を覗き込んだ。

「こんなところで、なにしてるんです?」

声をかけると、ヴィクトルはびくっと肩を竦めた。

医院
医院

「あ、いや、その……決してストーカー行為をしてるわけじゃないんだ」

らしくもなくなにやら焦っているその姿に、朔は思わず、ぷっと笑ってしまった。

「わかってますよ。そもそも、僕相手じゃ、あなたはストーカーになんてなれやしませんよ。僕は、あなたに会えるのを嬉しいと感じてるんだから」

ストーカーの定義を知らないわけじゃないでしょう？　と聞くと、ヴィクトルは「知ってるけど……」となにか言いたげに口ごもると朔から目をそらして、電信柱に視線を向けた。

「知ってるけど……なんなんですか？」

「僕は、君に嫌われてるんじゃないのか？」

あまりにも思いがけない言葉に、朔は驚く。

「僕があなたを嫌ったりするわけないでしょう。なぜそんな風に思うんです？」

「だって、来なかっただろう？」

「はい？」

「君の父親を食事に招待したとき、一緒に来てくれなかったから……」

「ああ、あのときの……。あれは我慢したんですよ」

「我慢？」

ヴィクトルが怪訝《けげん》そうに「どうして我慢なんかするんだ？」と聞くので、「けじめです」と朔は答えた。

「……けじめ？」

わからないといわんばかりにヴィクトルが首を傾げる。

（まあ、そうだろうな）

だが、くどくどと説明するのは野暮だろう。

「とにかく、嫌ってなんかいませんよ。今でも大好きです」

朔が断言すると、「よかった」とヴィクトルは本気で安堵したようだった。

やっと電信柱から離れて、足元でうろうろしていた桃太郎の頭を撫でてやってから、改めて朔の顔を見つめる。

「髪、切ったんだね」

「え？　ああ、はい。洗って乾かすだけで一時間以上かかるから、なんかもう面倒になっちゃって……」

元々好きで伸ばしていたわけじゃなく、ヴィクトルのカグヤヒメでいるためだけに伸ばしていた髪だった。

カグヤヒメでなくなった今、邪魔っ気でしかなかったのだ。

長かった髪をばっさり切ってからもう一ヶ月以上、短い髪にもすっかり慣れて、自分でも切ったことを忘れかけているぐらいだ。

「がっかりしました？」

朔が聞くと、ヴィクトルは首を横に振る。

「短い髪も似合うよ。……いや、短いほうが素敵だ。綺麗な顔のラインがはっきり見えるし、大人っぽくなって魅力を増したようだ」

「そう言ってもらえると嬉しいです」

嬉しくなってにっこり微笑むと、ヴィクトルの手の平がごく自然に朔の頬に触れた。

「和服も、今のほうが似合うかもしれないね」

僕のカグヤヒメ、と愛おしげに呼びかけられた朔は、反射的に一歩後ろに下がっていた。

ヴィクトルはびっくりしたように、そんな朔を見つめた。

「その呼び方、もう止めてください」

「ええっ!? カグヤヒメって呼んじゃ駄目なのか？」

「駄目です。僕はもう、迎えが来たからってあっさり月に帰るようなお姫さまでいることは止めたんです。──これからは朔と呼んでください。ミスター・ゼレノイ」

「ミスターだなんて、そんな他人行儀な呼び方……」

今まで通りヴィーちゃんと呼んでくれと言われて、「嫌です」と朔はきっぱり断った。

「……どうして？」

「恥ずかしいからですよ。十四、五の子供ならともかく、二十歳すぎた男が、さらに年上の人を『ちゃん』づけで呼ぶなんて、さすがにみっともないでしょう」

そういうのが好きだったり平気な人もいるのかもしれないが、朔は嫌なのだ。

というか、元々『ヴィーちゃん』は勘違いした挙げ句に発生した呼び方だったから、自分の間違いをずっと突き付けられているみたいな恥ずかしさもあった。

「でも、ついこの間まで呼んでくれてたじゃないか」

ヴィーちゃんと呼ばれることが大好きだったヴィクトルは恨めしげだ。

「あれは、病気だったんですよ」

「え？」

「『ヴィーちゃんのオネガイならなんでも叶えてあげたい病』だったんです。でも、それも完治しました。――だから、嫌です」

「そうなのか……」

ヴィクトルはしょんぼりとうなだれた。

空色の瞳が悲しげに伏せられているのを見て、さすがに朔も胸が痛む。

（悲しませたいわけじゃなかったんだけど……）

ただ、けじめをつけたいだけ。

だから、妥協案を出すことにした。

「もしよろしければ、これからは『ヴィーチャ』と呼ばせてもらいたいのですが？」

「ああ、それはいいね。親しい感じで素敵だ」

是非それで、とヴィクトルが顔を輝かせたタイミングで、少し離れたところから、ボディガードのわざとらしい咳払《せきばら》いが聞こえてきた。

「そろそろ移動なさったほうがよろしいのでは？」

早朝とはいえ、やはりそれなりに車も人も通る。

金髪碧眼の美丈夫に人形のような顔の美青年、そしてボルゾイに黒服のボディガードというこの組み合わせは、ここでもやはり目を引く。

朔の実家の近所だけに、知人に見られる可能性もあった。

「確かにそうですね。特にお話がなければ、僕はこのまま散歩を続けますけど……」

どうします？　と聞くと、「話ならある。まだ全然足りないよ」とヴィクトルが慌てて朔の腕を摑んだ。


少し離れた場所に控えていたリムジンに、桃太郎と一緒に乗り込んだ。

ついた先は、すでに懐かしい感じすらするあの古い家だ。

「欅の木、緑が濃くなりましたね」

庭の花々も、すっかり夏バージョンに入れ替わって、以前とはがらっと様相を変えている。

桃太郎のリードを外して庭に放してやってから、携帯を持たない朔は縁側から家に入って電話を借りた。

電話に出た母親に、少し遅くなるからとだけ告げると、特に理由を聞くこともなく、わかったわとあっさり応じてくれる。

以前から何度かドッグランで知り合った人とお茶したり、一緒にペットショップに行ったりして寄り道することがあったから、今度もそうだと思ったのだろう。

一緒に暮らすようになったばかりの頃は、朔が桃太郎の散歩に出る度に心配していたようだけれど、ここ最近やっと落ち着いてきたのだ。

今の朔が大人の事情に抗《あらが》うこともできないままに振り回されていた子供でなく、自分の足でどこにでも行って、どこからでも勝手に帰ってこられる年齢になっているのだということを、実感としてわかってくれはじめたようだ。

生まれたばかりの我が子を奪われるという悲惨な体験で受けた傷が、やっと瘡蓋《かさぶた》になりかけているのだと思う。

「電話、ありがとうございました」

「うん」

朔は、久しぶりの庭を意気揚々とパトロールしている桃太郎を、縁側に座って眺めていたヴィクトルの隣りに座った。

一緒に庭を眺めていると、ぼそっとヴィクトルが言う。

「ダヴィドが怒っててね」

「執事さんが、僕を？」

「いや、僕にだよ」

自分にひと言もないままに朔を手放すとは酷い。

あの子には、自分の跡を継いでもらって、本宅の執事に育てあげるつもりでいたのに……。

そんな風に言って執事は怒り、それ以来、微妙にヴィクトルへの態度が冷たいのだとか。

「跡を継がせるだなんて……。執事さんにそんなに見込んでもらってたなんて嬉しいな」

「じゃあ、この話に応じてくれる？」

「お断りします」

ぱあっと嬉しそうな顔をしたヴィクトルに、朔は間髪入れずあっさりと言った。

「以前だったら大喜びしたでしょうけどね。でも、今はもう駄目です。僕は、本宅であなたを待つだけの生活を送りたくない」

「……やっぱり、僕が嫌いになったんだ」

「いいえ、大好きですよ」

情けなさそうに言うヴィクトルに、朔は笑いかけた。

「でも、もう待つのは止めることにしたんです。僕はあなたの本宅を飾る調度品にはなりたくない」

「えっと……それって、どういう意味かな？」

「以前の僕は、あなたのために、あなたに可愛がってもらうためだけに存在してた。でも、それはもう止めることにしたってことです。あなたのオネガイを叶えてあげたい病も治りましたしね。——これからの僕は、自分の願いを叶えるために生きます」

「君の願いって？」

「あなたの側にいること……。だから、いま一生懸命勉強してるんですよ」

朔は、得意気に胸を張ってにっこりと微笑んだ。

「え？　え？」

意味がわからないと、ヴィクトルが首を傾げる。

ずっと従順に頷くばかりだった朔のこの変化に、かなり戸惑っているのが見て取れる。

（まあ、そうだろうな）

自分でさえ戸惑うぐらいなのだから、ヴィクトルがついてこれないのも当然だ。

「僕には計画があるんです」

とりあえず、今なにを考えているのか知ってもらおうと思って、考えているこの先の計画をヴィクトルにすべて打ち明けた。

「最終的には、橘さんみたいになるのが僕の理想です」

「つまり、僕の秘書になりたいっていうことか。なんだ！　それならそうと言ってくれればよかったのに。——その望みなら今すぐ叶えてあげられるよ」

早呑み込みして喜んだヴィクトルに、朔は首を傾げる。

「どんな風に叶えてくれるんですか？」

「今すぐに社員契約を結んで僕の秘書に任命してあげる。それが望みなんだよね？」

「違います。そんなの嫌です」

朔は間髪入れずにきっぱり断った。

「……どうして？」

「中身のないお飾りの秘書になんてなりたくありませんから。それじゃ、ペットと一緒です」

「ペットだなんて……」

「でも、そうでしょう？　実際の能力もないのに、ただ可愛がられるためだけに連れ歩かれるんだから……」

そんな関係は対等じゃない。

それに、頭の空っぽな愛人を仕事に同行させるような道楽者だと、ヴィクトルの評価を落としかねない。

（まあ、道楽者なのは事実だけど……）

でも、その人間性が自分のせいで悪い風に誤解されるのは嫌だ。

「それなら、今すぐ僕のお嫁さんになるのはどう？」

それならずっと一緒にいられるよ、とナイスアイディアとばかりに明るい顔で言われて、

「嫌です」と朔はまたきっぱり。

「そもそも、男同士じゃ結婚できないでしょう？」

「国によっては可能なところもあるんだよ」

「だとしたって、今そんなことをしても、お飾りの秘書と大差ないですよ」

朔はもう庇護されて、可愛がられるだけの存在でいたくないのだ。

ちゃんとヴィクトルの役に立てる人間になって、対等の立場でつき合いたい。

「ヴィーチャ。僕はね、あなたに、ひとりの人間として認めて欲しいんです。秋原朔という名の僕を必要として欲しいんです」

「朔、どうしてだろう？　僕には、君の言ってることが理解できないよ」

ヴィクトルは酷く困った顔になる。

「僕はいつだって君を認めてきたよ。君を必要だとも思ってきた」

「知ってます。でも、あなたは、僕だけを必要としているわけじゃないんでしょう？」

「え？」

「僕はあなただけを愛してます。……でも、あなたには僕以外にも恋人がいる」

一夜だけの恋人は数え切れないほど、たまに訪れる都市で定期的に会う恋人もいるようだ。

「沢山いる恋人達の中で一番の称号をもらっても嬉しくなんてないんです。他の恋人達と同

列に扱われるような、そんな恋なら、僕はもういらない」

「そんな……。君を傷つけていたなんて思ってもみなかったよ。君はいつも微笑んでいたから、平気なんだと思っていた」

「平気なふりをしてたんですよ。あなたのカワイイカグヤヒメでいたかったから……。だから、あなたを責めてるわけじゃないんです。嫌だと、辛いと言わなかった僕も悪い。それはちゃんとわかってるんです」

どんなに幸せでも、一方が苦痛を我慢し続ける関係はやはり歪《ゆが》んでいる。

それに気づいてしまったから、もう同じ間違いはできない。

「ねえ、ヴィーチャ？」

「ん？」

「ロシアに連れ帰ってもいいと思えるぐらいお気に入りだった橘さんに、恋人ができたと聞いても、全然がっかりしませんでしたよね？　嫉妬《しっと》もまったくしなかった。——それは、どうしてですか？」

「そのほうが彼にとって幸せだと思ったからだよ。初恋の恋人同士が結ばれるだなんてとても貴重な事例だし、実に愛らしいじゃないか」

祝福すべきだと感じたんだ、とヴィクトルが微笑む。

「そうですか……。もしもあなたに初恋の相手がいたとして、その相手とあなたが結ばれるようなことがあったら、僕は絶対にすんなり祝福しませんよ。ショックも受けるし、嫉妬だってする」

当然だ。

だって朔は、ヴィクトルを熱烈に愛しているのだから……。

「あなたの恋と、僕の恋は違うものなんです。だからもう、あなたのオネガイを聞いて、あなたの側にいることはできません」

「でも、君はさっき僕の側にいたいと言ったはずだ」

「はい。それが僕の望みですから……。でも、ただ側にいるだけじゃ嫌なんです。僕は、あなたに、僕だけを必要だと思って欲しいんです」

――あなたの唯一無二の恋人になりたいんです。

ずっと心の中に封じ込めていたその想いを、朔はやっと解放した。

「そうなれるようこれから努力します。あなたを誘惑して独り占めできるぐらい、有能で魅力的な人間になれるように頑張ります」

覚悟しといてくださいねと宣言して、朔は縁側から庭へと降りた。

「朔？」

「お話は終わりですよね？　もう帰ります」

前庭のほうに消えた桃太郎を呼び戻そうと足を踏み出した朔を、ヴィクトルは手首を摑んで慌てて止めた。

「ちょっ、まだだよ。まだ話は終わってない」

「そうなんですか？」

朔がすとんともう一度縁側に座ると、「せっかちになったね」とヴィクトルが言った。

「だって僕、忙しいんですよ。家の庭の面倒を見てるし、勉強しなきゃいけないことも沢山あるし……」

ヴィクトルだけを待って暮らしていたあの日々とは、もう違うのだ。

「それで話って？」

朔が促すと、ヴィクトルは深々と溜め息をついた。

「……疲れが取れないんだ」

「体調が悪いんですか？　お医者さんには行きました？」

「行ってない。問題はそこじゃないからね」

「じゃあ、どこなんですか？」

「ここだと思う」

そう言って、ヴィクトルは朔を指差した。

「僕？　なんで？」

まさか、丑《うし》の刻《こく》参りでもして、呪《のろ》いをかけているとでも思っているのだろうか？

（いや、いくらなんでもそれはないか）

以前、ヴィクトルが本宅に送ってくれた本の中にあった日本の怪談話を思い出し、変なことを連想してしまった朔は、そんな自分にちょっと苦笑した。

「君がいないから、疲れが取れないいんだと思う」

「それは言いがかりです」

もしくは八つ当たりだと、朔は呆《あき》れて言った。

「会わなくなってから三ヶ月も経《た》ってないじゃないですか？　それよりもっと長く本宅を留守にしてたときだってあるんだから、人のせいにしないでくださいよ」

「いいや、それでも君のせいだよ」

ヴィクトルは、なにやらふて腐れた顔になった。

「君がいない屋敷に帰っても、自分の家に帰ってきたっていう気分にならないんだ。あちこち世界を回っていろんなものを見て、欲しかった美術品を手に入れても、その話を聞いてくれる君がもういないことを思い出した途端、なにもかもすべてが色あせる。僕には癒しが必要だ。君が笑顔で迎えてくれないことには、心が安まらないんだよ」

その予兆はあったんだとヴィクトルは真剣な表情になる。

朔が日本のこの家にいるとき、急に執事から呼び戻されて本宅に戻ったが、そのときも、自分の屋敷に帰ってきたという実感がなかったと。

その後、この家を訪れて朔の笑顔を見た瞬間、とてもほっとしたのだと。

「でも、その直後に君は、僕ではなく、モモタロウに満面の笑みを向けていたけどね」

あれは不愉快だった、と真顔で言うヴィクトルを見て、朔は子供みたいだと感じた。

「あのときは、モモも一緒だと思わなかったから、びっくりしちゃったんですよ」

注意がヴィクトルからそれてしまったのは不可抗力だ。

「本宅にお出迎えの笑顔が必要だと言うんなら、大人しく本宅に留まってくれる恋人を捜せばいいんじゃないですか？」

「君、さっき辛かったとか、嫉妬するとかって言ってたんじゃなかったか？」

「言いましたけど。でも、今さらです。あなたがそう簡単に変わるとも思えないし……。僕が力をつけて、あなたをゲットしに現れるまで、あなたには元気でいてもらわないと困るんですよ」

屋敷にひとり恋人を配置することで元気になると言うのならば、是非ともそうしておいて欲しいぐらいだ。

朔がそう言うと、ヴィクトルは深々と溜め息をついた。

「僕は、君に戻って来て欲しいんだけどな」

「僕は戻りたくありません。ロシアの屋敷のみんなは大好きだし、あなたのことも愛しているけど、もうカグヤヒメでいるのは嫌なんです。待つだけの日々に我慢できない」

諦めてくださいと告げると、また深々と溜め息をつかれた。

「ずっと、諦めて生きてきたんだ」

「はい？」

「僕は、幸せな男なんだよ」

「え？」

（ど、どうしたんだろう？）

肩を落としたヴィクトルが唐突に矛盾したことを言い出すものだから、朔は、ちょっと不安になった。

「大丈夫ですか？　気分が悪いとか……」

「悪いよ。君がいなくなってから、ずっと気分は最悪だ」

「そんなことを言われても……。親の元に帰るようにって言ったのは、あなたですよ？」

「そうだけど……。でも、あのときは、それが正しい道だと思ったんだ」

諦めていたしね、とまた意味不明の言葉。

「なにを諦めていたって言うんです？」

「幸せになることをだよ」

「え？　だってさっき、自分は幸せな男だって言ったじゃないですか」

「事実だから。僕は、このとおり世界でも有数の資産家で、大抵のものを手に入れることができる幸せな男だ。でもね、金の力では手に入れられない幸福があることは知ってる。そして、金があるからこそ得られない種類の幸福があることも知っているんだ」

欲しいものはなんでもあっさり手に入れられる。

でも、この世には、欲しいものを手に入れるために、何十年もの間必死に働く人もいる。そんな人が目的を果たして望むものを手に入れたときの喜びや達成感を、自分は一生理解することはできないだろう。

そもそも、そこまでの情熱の持ち合わせもないからだ。

いいなと思った相手を手に入れるのはいつも簡単だった。

「恋だって同じだ」

「でも、その分だけ僕の恋は軽い。自覚はあったんだよ。僕の恋人達は、決して僕に執着してはくれないからね」

たまに僕の金に執着する困った人もいるけど……と、情けなさそうな顔になる。

(う〜ん、でも、それも当然かも……)

世界有数の金持ちでうっとりするほどの美形から誘われて一時的に有頂天になっても、ふと現実に戻って我に返ったときに誰だって不安になる。

こんな人が、本当に本気で自分を愛してくれるのだろうかと……。

しかもヴィクトルは世界中を移動してばかりで、ひとつところに留まることをしない。

物理的な距離があくことで、ああ、やっぱり軽い気持ちなんだなと、どうせ自分に本気になってくれることはないだろうと諦めてしまうに違いない。

朔がそうだったように……。

軽い恋と軽い別れを何度も繰り返している間に、ヴィクトルはすっかり諦めてしまったのだそうだ。

自分は、恋の本当の喜びを理解することはないのだろうと……。

「だからね、橘さんの初恋話を聞いたときは、なんだかとても幸せな気分になれた。彼が手に入れたものは、彼にとって世界にふたつとない素晴らしいものなんだろう。——正直、とても羨ましいよ」

「僕も同感です。とても羨ましかった」

だから頑張ろうと思ったんですよと言うと、ヴィクトルは珍しく眉間《みけん》に皺《しわ》を寄せた。

「肝心の恋の相手をここに捨てていって、ひとりで頑張るつもりなのかい？」

「そんなこと言ったって、今の僕じゃあなたの心を手に入れることができなかったんだから、仕方ないでしょう？」

ヴィクトルの寂しさを埋めるためだけに側に戻ることはできない。

朔は、愛して欲しいのだから……。

「捨てていくとか、人聞きの悪いことを言わないでください。両親の元に帰れと僕に言ったのはあなたですよ」

「そうだけど……。だって、諦めていたんだよ」

「え？」

「だから、僕には手に入れられないと諦めていたんだよ。いずれ、君が僕の元から去っていくことは、最初から想定済みだったんだ」

（ああ、そうか。それで……）

――君のはじめての男になれることを光栄に思うよ。

朔は、ヴィクトルにはじめて抱かれた夜の言葉を思い出した。

最初から、いずれ朔が他の男を愛するようになると決めてかかっているようなその言葉を……。

「執着して引き止めることで、君の幸せを奪うような真似はしたくなかったんだ。だから手放したんだ。でも、君、あのとき泣いていただろう？」

あれを見てわからなくなってしまったんだ、と、ヴィクトルは言った。

理性的に正しいことをしたつもりだったが、実はとんでもない大間違いをやらかしてしまったのではないかと……。

「そうこうしているうちに疲れが取れなくなってきて……。それで、諦めたくなくなった」

「……僕を？」

「そうだよ。だから、こっそり姿を見に行ったんだ」

「……こっそり？」

朝日に光るプラチナブロンドの髪は全然こっそりじゃなかったなと、朔はつい笑ってしまった。

（本気で手に入れたいって、思ってくれたんだ）

ずっと諦めて生きてきた人が、はじめてやる気になってくれた。

それは、とても素晴らしいことなんじゃないだろうか？

ヴィクトルは、今までの自分の生き方を変えようとしている。

それも、朔ひとりのために……。

（嬉しい）

嬉しすぎて、胸がきゅうっと締めつけられて苦しいぐらいだ。

「笑うなんて酷いな」

「ごめんなさい。……でも、もっと他にやりようがあるでしょうに」

「どうすればいいかわからなかったんだよ。命令したところで、人の心は本当には動かせないってことは知ってるし……」

「オネガイ、してみるのはどうですか？」

「君は、僕のオネガイはもう聞かないと言った」

「ん〜、内容によっては、聞かないこともないですよ？」

「そうか。じゃあ……。──朔、戻ってきてくれ」

「嫌です」

朔は間髪入れずに答える。

「さっきも言いましたけど、僕はもう、あなたのカグヤヒメには戻れません」

「じゃあ、なんてオネガイすればいいんだ？」

オシエテ、と日本語でねだられて、朔は思わず肩を竦めた。

「甘えても駄目です。教えません。僕の望みは、すべてあなたに話しました。あなたには、もう答えがわかってるはずですよ」

でしょう？　と聞くと、ヴィクトルはなぜかしょんぼりしてしまった。

「もしかして、本当にわからないんですか？」

「いや……たぶん、わかると思う。──でも、怖いんだ」

「怖い？」

「それを言って、拒絶されたら立ち直れないよ」

僕は痛みに弱いんだと訴えられて、朔はまた笑ってしまった。

「また笑う。……君は、ちょっと性格が悪くなったのかな？」

「人間らしくなったと言ってください。ロシアにいた頃の僕は、あなたに愛されることしか考えてなかった。あなたを楽しませたり、喜ばせたりすることだけを考えて生きてた。あの頃の僕は、あなたのカグヤヒメでいられることだけが幸せだったから……」

　でも、今はもう違う。

「今の僕は、秋原朔です。あなたに愛されたいと願ってはいるけど、そのために自分を歪めるような真似はしません。自分の気持ちをちゃんと表に出すし、嫉妬だってします」

「君が嫉妬したら、どんな風になるんだろう？」

「さあ？　ずっと押さえ込んでいたから、まだよくわかりません。でも、めそめそ泣いたりはしないと思いますよ。泣くぐらいなら実力行使に出るんじゃないかな？」

「実力行使？」

「つねったりとか、蹴っ飛ばしたりとか？」

「それは、なかなかに刺激的だね」

　ヴィクトルが明るい顔で笑う。

「でも蹴飛ばされるのは嫌だな」

「痛みに弱いから……ですね。では、諦めますか？」

「いいや。蹴飛ばされないように努力するよ。——うん、そうだった。この世にふたつとない貴重なものを手に入れるには努力が必要だったんだ。それと、痛みを恐れない勇気もいるんだろうな」

頑張ろう、とひとり呟きながら、ヴィクトルが縁側から庭へと降り立つ。

朔も一緒に立ち上がろうとしたが、そのままでとヴィクトルに止められた。

ヴィクトルは朔の前に立ち、ひとつ深呼吸すると、その場に跪《ひざまず》いた。

「――朔？」

「はい」

「僕は、君を愛してる」

「……はい」

「僕の人生には君が必要なんだ。君がいなければ、僕の世界はすべて色あせてしまうから……。――どうか、僕のただひとりの恋人になっておくれ」

ヴィクトルは「オネガイ」と呟いて、朔へと手を差し出した。

（あの夜みたいだ）

目の前にあるきらきら光る綺麗な髪と、オネガイ、という言葉が、朔にあの懐かしい夜を連想させた。

オネガイ、と言われて、お願いの意味もわからないまま頷いてしまったあの夜。

今の朔は、もうあのときみたいな子供じゃない。

まだ自分ひとりの力ではなにもできないけれど、それでも自分で自分の生きる道を選べる年齢になっている。

自分の意志で決めて行動し、その結果なにか問題が発生したら、自分の力で解決しなければならない。

解決できなかったら、それは自分の責任。

痛みも悲しみも、自分ひとりで背負う。

だが、自らで幸せをつかみ取れたとしたら、与えられるそれよりもずっと喜びは大きいはずだ。

「浮気したら……どうなるかわかってますね？」

ヴィクトルにも自分の責任を担うその覚悟があるかどうか、念のためにもう一度確認すると、当然だと微笑んで頷いてくれた。

「大丈夫、絶対にしないよ。僕は痛みに弱いから……。えっと……僕みたいなのを、日本では『ヘタレ』って言うんだっけ？」

「また、変な言葉ばっかり覚えて」

朔は思わず、ぷっと笑う。

笑いながら地面に降りて、ヴィクトルの手にそっと手を重ねた。

オネガイされたからではなく自分の意志で、ヴィクトルの目を見つめて、深く頷く。

「ヴィーチャ、僕も、あなたを愛しています」

「——アリガトウ」

ヴィクトルはまるで無邪気な子供のように、気取らない満面の笑みをその顔に浮かべた。

明るい日差しの中、髪がきらきら光り、空色の瞳が明るく輝く。

大きな鳶色の瞳に溢れた涙のせいで乱反射して余計に眩しくて、朔は思わず目を閉じる。

零れて頬を伝う涙は、ヴィクトルの手が優しくぬぐってくれた。


唐突に手を繋がれて、寝室として使っている部屋にぐいっと引っ張り込まれた。

「こういうとき、布団は不便だよね」

『ヨイショ』と、日本語でかけ声を出しながら、ヴィクトルがせっせと布団を敷く。

朔はついうっかり条件反射的に手伝ってしまいながらも、困惑して首を傾げていた。

「あの……まさか、今からするつもりですか？」

「もちろん。二ヶ月以上も君に触れられなかったんだよ」

もう限界だ、とヴィクトルが言う。

「それ以上留守にしてたこともあったのに……。というか、まだ外明るいですよ？」

本宅にいた頃から、ふたりが関係を持つのはいつも夜だけだった。

日中にいちゃいちゃとキスしているところを見つかっただけで、だらしないことはしないでくださいと、執事からヴィクトルが厳しく注意されていたせいでもあるのだが……。

鬼の居ぬ間に……ってところかな？　と首を傾げ続ける朔を、ヴィクトルは強引に抱き寄せて有無を言わせずキスをした。

「むっ!?　……ん……んふ」

びっくりして押しのけようとしたものの、こちらのツボを知り尽くしている巧みなキスに呑まれて、すぐにとろんと瞼が落ちて、甘い吐息が零れた。

が、はたと我に返る。

「駄目！　駄目です。モモをほうっておけないし……」

庭に放して随分経つ。

きっとそろそろ庭のパトロールにも飽きてきて、朔の姿を捜しはじめる頃だろう。

見えるところにいないと悟ったら、パニックになってしまうかもしれない。

「不安がらせたら可哀想です」

朔のそんな言葉に、「言うと思った」とヴィクトルは不満顔。

「どうも君は、僕よりモモタロウを優先する癖があるよね」

ちょっと不愉快だよと、年甲斐《としがい》もなくふて腐れる。

(ああ……焼き餅《もち》を焼いてるのか)

なんだよ、可愛いなぁと、朔は密かにほくそ笑んだ。

「モモタロウのことなら心配しなくても大丈夫」

「どうしてですか？」

「こんなこともあろうかと、運転手とボディガードに頼んで、ちょっと離れたドッグランのある公園までリムジンで連れ出してもらっているからね」

「連れ出すって……。僕に黙って」

もう、とふくれっ面を見せたものの内心ではほっと安心していた。

(彼らなら預けても大丈夫だな)

京都旅行の間に、彼らと桃太郎はすっかり仲良しになっている。

食事の世話なんかもいそいそと楽しげに手伝ってくれていたから、大型犬が特に注意しなきゃいけないポイントもちゃんとわかってくれているだろう。

「まだ不満？」

「いいえ、全然」

準備してきますと、風呂場に向かおうとした朔の後ろ手を、ヴィクトルがすかさず摑む。

「この期《ご》に及んでまだ待たせるつもりかい？」

「待たせるって……そんなつもりじゃなくて、ただ綺麗にしてこようと思っただけで……」

いつだってヴィクトルに抱かれるときは、いい香りの石けんで綺麗に身体を洗ってからベッドに向かっていたのだ。

まだ朝方とはいえ、散歩もしてそれなりに汗もかいている。

「僕、汗臭いかもしれないし……」

「そんなことはどうでもいいんだよ」

「どうでも？」

そうかなぁ？　となおも首を傾げていると、「だったら僕も風呂に入らないと駄目なんだろうね？」と聞かれた。

「はい？」

「こっそり覗くつもりが君に見つかったり、『清水の舞台から飛び降りる』つもりで告白したりと、かなり悪い汗をかいてるよ。汗臭いと君に嫌われるのなら、綺麗にしてこないと」

「そんなことであなたを嫌ったりしません！」

朔は慌ててそう言ってから、「……あ」と遅ればせながらヴィクトルの言いたいことを理解した。

「そんなことぐらいじゃ、嫌われないんですね？」

「そうだよ。というか、好きな子の体臭を嫌がる男なんていないよ」

だから大丈夫なんだよと言われて、はいと頷く。

なんとなく「ごめんなさい」と謝った朔は、ふとデジャブを感じた。

(そっか……はじめてのときにも)

確か、自分の精液が汚いとごねて、ヴィクトルを困らせた。

昨日のことのように思える懐かしくも愛しい記憶に、朔はふわっと微笑む。

「ヴィーチャ、大好きです」

ヴィクトルの頰に手を添えて、背伸びしてキスをする。

「うん。僕もだよ」

ふにゃっと嬉しそうに笑ったヴィクトルの顔が、可愛くて愛しくてたまらなかった。

その笑顔でスイッチが入ってしまったようだ。

なんだかやけに気が急《せ》いて、朔は気がつくとヴィクトルを布団の上に押し倒していた。

この暑いのにしっかり着こんでいたスーツを脱がせて、ネクタイを抜き取り、せっせとシャツのボタンを外していく。

「――ん」

ちゅうっとその白い胸に吸いつき、薔薇色の跡がついたことを確認して、やっとちょっとだけ落ち着いた。

「僕にもつけさせて」

Tシャツをバンザイして脱がされて、ヴィクトルの唇が胸元に寄ってくる。

朔は慌ててそれを止めた。

「駄目、跡をつけちゃ駄目です」

「どうして？」

「親に見られたら、ちょっとまずいことになりそうだから……」

最近は弟の誠と一緒にお風呂に入るのが習慣になっているから、自然と朔の半裸姿を母にも目撃されてしまうことになる。

(絶対にまずいよな)

一度、ヴィクトルと直接会っている父親は、その人柄を知って安心したようなのだが、母親のほうは違う。

いまだに朔がそういう目的で買われて、酷い目に遭ったことがあるのではないかと、密かに疑って気に病んでいるようなのだ。

自分に対する親の執着から次々と派生していった不幸から、彼女はまだ完全には抜け出せていないのだろう。

「親御さんかぁ。そうだね。うん。そういう問題も一緒にゆっくりクリアしていこうね」

面倒臭いなというような人じゃないとちゃんと知ってはいたけれど、一緒に、と言ってくれる優しさにほっとする。

「はい。——大好きです。ヴィーチャ」

何度言っても言い足りない言葉を口にして、朔はもう一度、ちゅうっとヴィクトルの胸に吸いついた。

ヴィクトルの上にまたがり、その胸に両手を当てて、朔は欲望に駆られるままに腰を揺らしていた。

「あ……あ……あっ……ヴィーチャ、また、いきそう。ん……ああっ‼」

腰を両手で摑まれ、ぐいっと引き寄せられて、深いところを刺激された朔は、ビクビクッと身体を震わせて精を放つ。

今度こそ本当に想いが通じ合ったのだという喜びと、午前中からこんなことをしているという背徳感、そして久しぶりに内で味わうヴィクトルの昂《たか》ぶり。

いろんな感覚がない交ぜになって、朔は今までにないほどに興奮してしまっている。

さっきからもう何度も精を放ち、互いの身体を濡らしている。

ヴィクトルの胸にもそれは飛び散り、朔はそのぬめりを胸に当てた手の平で感じていた。

(昔は汚いとか言ってたのに……)

今はちっともそんな風には感じない。

むしろ、自分の臭い、自分の印を愛しい人につけることに喜びすら感じる。

「んあ……あっ……」

愛する人を中で感じる喜びに、朔は我を忘れてまた動き出す。

内側に閉じこめたヴィクトルはまだ堅いまま、朔は力の抜けそうになる身体をくねらせ、それを一生懸命きゅうっと自分の身体で締めつけて刺激する。

「ヴィーチャ……ね？　気持ちい……ですか？」

はふっと熱い息を天井に向けて吐いてから、朔はヴィクトルを見た。

「もちろん。最高だよ」

ヴィクトルはうっとりとした目で、愛おしそうに朔を見つめている。

障子から外光が入り込み、部屋は明るかった。

気持ちよさそうにとろんとした朔の大きな鳶色の目、細くて白い裸身も、艶やかな象牙《ぞうげ》の肌も、滲んだ汗すらもはっきり見える。

「綺麗だな」

手を伸ばし、短くなった髪を指先ですくう。

髪をばっさり切ったことで、綺麗な顔の輪郭や頭の小ささがより引き立つようになった。

人形のように整った顔に浮かぶ活き活きとした表情や、肉欲に乱れるその喜びの表情も以前よりずっとよく見える。

「僕の朔は、世界一綺麗だ」

うっとりと賛美の声をあげると、朔は嬉しそうに微笑んだ。

「僕のヴィーチャは、世界一格好いいです」

ヴィクトルの胸に両手を当てたまま、屈み込んでちゅっとキスをする。

「嬉しいよ」

ヴィクトルは、緊張感のない顔でふにゃっと嬉しそうに微笑む。

（……可愛い）

どこか無邪気で、稚気を残したまま大人になった可愛い人。

闇の中で途方に暮れていた朔を、なんの見返りも求めず、光の中に連れ出してくれた優しい人。

——僕のヴィーチャ。

そう呼べるようになったことが、本当に嬉しくてたまらない。

愛しくて愛しくて、どうにかなりそうだ。

朔はもう無我夢中でヴィクトルの顔にキスの雨を降らせる。

「朔、くすぐったいよ」

ヴィクトルは小さく笑うと、朔を乗せたままぐいっと起き上がる。

「ひあっ！」

繋がったまま いきなり起き上がられ、奥深くを刺激されて、ぞくぞくっと背筋に甘い痺《しび》れが走った。

朔は、ヴィクトルの肩に額を押し当てて、荒く熱い息を吐く。

「大丈夫？」

ヴィクトルは、軽く首を巡らせて心配そうに声をかけた。

その拍子に、きらきらの柔らかな髪が頬や耳元をくすぐってこそばゆい。

たまらずに朔が小さく笑うと、ヴィクトルも安心したように微笑んだ。

「大丈夫そうだね」

「はい。ん……動いてください」

しがみついたまま、すりすりとその柔らかな感触を頬で楽しみながら言った。

「そうしがみつかれると動けないいんだけど……」

こんなときまで『ヨイショ』と日本語で言いながら、朔の背中をそうっと布団の上に横たえる。

そしてそのまま、また深く穿ちはじめて……。

「あ……ヴィーチャ……好き、好きです」

「僕も好きだよ。朔」

——愛しているよ。

熱い吐息と共に耳元で囁かれて、びくっと身体と心が甘く震える。

激しく打ちつけられる熱に浮かされて、もうなにも考えられなくなっていく。

(……幸せだ)

朔はそれだけを思いながら、大好きなきらきら光る髪を胸に抱き寄せていた。

6

恋人になることは承知したが、ロシアに戻ることは承知していない。

のので、ヴィクトルがあの手この手で誘ってきても、朔は日本に留まり続けている。

とはいえ、両親の家にいてはヴィクトルと一緒に過ごす時間がなかなか取れない。

やはりそれは寂しいので、桃太郎を広い庭で遊ばせてあげたいとか庭の手入れがしたいとか色々と理由を積み上げ一生懸命説得して、欅の木のある古い家で暮らすことをなんとか両親に承諾してもらっていた。

それでもヴィクトルはやっぱりちょっと不満みたいで、しつこくロシアに戻ろうとか、海外に旅行に行こうとか誘ってくる。

「今は嫌です。しばらくの間、日本にいます」

とりあえず試験が終わる十一月までは確実に日本にいると宣言すると、

「朔は頑固だったんだな」

と言って、ヴィクトルは苦笑して肩を竦める。

「ロシアでだって勉強できるだろうに……。向こうのほうが涼しいから、勉強もはかどるよ。モモタロウだって、そのほうが嬉しいと思うけどな」

「それは、そうかもしれないけど……」

日々暑さが増してきて、桃太郎はすっかりへばっていた。

もう夜であろうと早朝であろうと熱いアスファルトの上を歩くのを嫌がるようになったので、今はずっと庭の中だけで運動させている状態だ。

そこそこ広さはあるから桃太郎もそれで満足してくれているようだし、健康面での心配もないのだが、ゆったりと長時間散歩させてあげられないのは、ちょっと可哀想な気もする。

（ロシアに帰れば、本宅のあの広い庭でのびのび遊んであげられるんだけど……）

桃太郎には可哀想だし、申し訳ないとも思うけど、どうしても今は日本から離れられない。

自分のためだけではなく、主に母親のために……。

ヴィクトルの唯一無二の恋人の座を勝ち得た朔は、その事実を両親にきちんと打ち明けた。

別に無理に話すことはないんじゃないかとヴィクトルは言ったが、後々になってからいろんなことの積み重ねで不自然に思われて、両親に不安を与えた末にばれてしまうよりも、いま話したほうが絶対にいいと朔は自分で判断したのだ。

ヴィクトルとの関係は、自分から望んだことなのだということを、朔は両親にきちんと包み隠さず話した。

決して庇護されていた感謝の気持ちが高じたわけではないし、一時的な勘違いでもない。

初恋で、きっとこれが最後の恋になるだろうと……。

今回は、たまたま自分と同じ気持ちでいてくれたヴィクトルのほうから愛を告げに来てくれたけれど、そうでなくとも、いずれは自分からヴィクトルに告白しに行くつもりでいたことも話した。

いま頑張って勉強しているのも、ヴィクトルの側で共に生きる人生を勝ち取るべく、そのための人間的魅力と知識とを身につけるための努力なのだと……。

この世には、どうしても同性愛者を認められない人達がいることは知っている。

両親がそうだとしたら、無理にふたりの関係を認めてくれなくてもいいと思っている。

それでも、朔にとっては、ヴィクトルの側にいることが一番の幸せで、心から彼を愛しているのだということだけは知っていて欲しい。

どうしても理解されずに袂《たもと》を分かつ日が来たとしても、朔が自分の幸せのためにそうしたのだということを知っていて欲しい。

大人になって親離れすれば、どんな人だって自分で自分の道を選ぶ。

朔もまたそうしたのだと、決して歪んだ生い立ちのせいでこちらの道を選ぶことになったのではないと知っていて欲しい。

(お祖父さまの一番の犠牲者《ぎせいしゃ》はお母さんだ)

本人に言えば違うと言われそうだが、朔にはどうしてもそうとしか思えない。

実父から女として見られるだけでも不幸なのに、生まれたばかりの子供を奪われ、望まぬ結婚を強いられ、子供は死んだと騙《だま》されたのだ。

そして今、やっと取り戻した我が子は、普通とは違う幸せを選んだ。

その事実をきちんと理解してもらえないまま彼女と離れてしまっては、彼女にまた余計な傷をつけてしまいかねない。

自分のせいで、我が子の人生を歪めてしまったのではないかという深い傷を……。

確かに昔、普通ではない自分の生い立ちで辛い思いをしたことがあったのは事実だ。

それでも、ヴィクトルと出会って恋を知ってからの自分は、いつだって幸せだった。

恋に悩んで辛い想いをしたことがあっても、それは誰だって通る道。

恋に悩む他の人々と同じ、普通の悩み、普通の辛さでしかなかったのだと今にして思う。

(僕は幸せだ)

今は一遍の迷いもなくそう思える。

そう思っていることを、彼女にちゃんと知っていて欲しいのだ。

(もう少しだ)

桃太郎に会いたいと誠がだだをこねるからという理由をつけて、両親は何度かこの家に遊びにきてくれている。

最初のうちは、帰って来ないの？　と悲しそうに何度も繰り返し聞かれていたけれど、最近ではそれがなくなった。

ちゃんとご飯を食べてる？　なにか欲しいものはない？　と今は聞かれるけど、これは離れて暮らす普通の親子の会話だろう。

だから、もう少し。

母親がちゃんと納得した上で子離れしてくれるまで、朔はここで待つつもりだ。


朔は、老夫婦が書斎としていた部屋を勉強部屋として使っていた。

夢中になって勉強して、ふと時計を見るととっくに日付が変わっている。

「今日はここまでにしとくか……」

文机の上にきちんと揃えて教材を置いてから、脇で寝ている桃太郎を見た。

（あ～あ、だらしない寝相。フレイヤはこんな格好しなかったのに……）

安心しきっているせいだろうが、ヘソ天で眠るのはちょっといただけない。

番犬なのにいまいち緊張感が足りないのは、育てた自分が甘やかしたせいだろうか？

とはいえ、起こすのも可哀想なので、爆睡している桃太郎のお腹にそうっとお気に入りの毛布をかけてあげてから部屋を出た。

「あれ？」

そのまま寝室に直行したが、そこには誰もおらず、並べて敷いておいた寝具には使われた様子もない。障子を開けて縁側を覗くと、ヴィクトルはそこでひとり、月見をしながら手酌《てじゃく》でお酒を飲んでいた。

「こんなところで、暑くないんですか？」

声をかけたら、ふんと露骨に知らんぷりされた。

「……ヴィーチャ？」

「僕は怒ってるんだ」

ずいっと切り子グラスを突き出されたので、大人しく受け取ると、ワインクーラーから取り出した日本酒を注がれた。

「なにに怒ってるんですか？」

よく冷えた日本酒を飲みつつ、のんびり聞いてみる。

「モモタロウは書斎に入れたのに、僕は入れないだろう？」

君はモモタロウを可愛がりすぎる、差別だと怒られて、朔は苦笑しつつ肩を竦めた。

「モモは大人しく側で寝てるだけだけど、あなたは勉強の邪魔をするでしょう？」

「当然だよ。君が側にいるのになにもせずにいられるわけがないだろう」

思いっきり威張られて、朔はまた苦笑する。

「だから書斎に入れられないんじゃないですか」

最近のふたりはよくこんな風に、ああだこうだと軽い言い争いをするようになった。お互いの要求を突き付けあい、都合を折半し合って、新しい関係を作り上げていく。恋人としてわかり合えるようになるまでの過渡期みたいなものだ。心を偽らず、先回りして気を使ったりもしない。

朔は、ヴィクトルとこんな風に気楽に会話できることを、心から楽しんでいた。

「まあ、今日は僕が悪かったです、もっと早く勉強を切り上げるつもりだったのに、つい時間を忘れてしまって……。——ごめんなさい」

謝るから機嫌をなおしてとオネガイしてみたのだが、ヴィクトルの機嫌はなおらない。

「勉強勉強でこれ以上僕をないがしろにするようなら、僕にも考えがあるぞ」

報復手段を発動すると、物騒なことを言う。

「考えって？」

「会社を辞める」

「ええっ!?」

会社を辞められたりしたら、今後の計画がすべてパアだ。

呑気に構えていた朔は、さすがにそれは困るとヴィクトルに向けて身を乗り出した。

「次期社長なのに、そんなこと言っていいんですか？」

「次期社長候補、だよ。実際に社長になることは決してないんだ。なる気もないしね。元々、僕の立場は名誉職みたいなものだから、名義だけ置いておいて働かずにいることだってできるんだよ？」

そうなれば、たとえゼレノイ社に入社しても、ヴィクトルと一緒に仕事するという朔の夢は叶わなくなる。一生懸命勉強しても無駄だってことだ。

「え〜、それは盲点だったなぁ」

朔ががっくりうなだれると、ヴィクトルはふふんと機嫌をなおした。

「迂闊《うかつ》だったね。そもそも君は、自分が世間知らずだってことをもっと自覚したほうがいいよ。ゼレノイ社に入社しても、贔屓なしに実力だけで僕と一緒に働けるようになるには、それなりのキャリアを積む必要があるんだ。五年や十年頑張ったところで無理だと思うよ？」

言われてみれば確かにその通りかもしれない。

（同じ会社に勤めたからって、すぐに一緒に働けるようにはならないのか……）

橘の話を聞いていたから、なんとなく簡単なことのように考えてしまっていたが、かなり甘かったようだ。

キャリアを積み、さらに上を望む人達にとって、次期社長と目されるヴィクトルの側で働けるようになるのはビッグチャンスだ。隙あらばと順番待ちをしている人達も沢山いるだろうから、それこそ、贔屓してもらって引き上げてもらわなければ、一緒に働くなんて無理な話なんだろう。

でも、贔屓は嫌だ。

「……じゃあ、どうしたらいいのかな？」

もう一度人生計画を練り直しだと朔が悩んでいると、ヴィクトルがちょいちょいと自分の指でその高い鼻を指した。

「なにか言いたいことでも？」

「うん。ある。──僕に相談すればいいと思うよ」

「え〜、ヴィーチャに相談ですかぁ？」

なにやらにこにこしていたヴィクトルは、朔のこの反応にがっくりとうなだれた。

「え〜って……。朔、君、酷くないか？」

「そんなこと言われても……。世間知らずっぷりでは、ヴィーチャだって僕と似たり寄ったりなんでしょう？」

「おっ、それは聞き捨てならないね。なんの確証があって、そんなことを言うんだ？」

「だって、執事さんがそう言ってましたもん」

ヴィクトルの元を離れて両親の家に戻ってすぐ、朔は一度ロシアの本宅に電話して執事と話をしていたのだ。

執事は寂しくなりますねと呟いた後で言った。

──今後、なにかゼレノイ家で力になれるようなことがあったら、私に直接連絡をしてくださいね。旦那さまは世間知らずでいらっしゃるから、実務的なことの役には立ちませんので、と……。

朔がその話をすると、ヴィクトルは「ダヴィドめ……」と悔しそうに呟いて、くいっとグラスの酒を呷《あお》った。

(反論しないんだ)

ってことは、本当にそうなのだろう。

(ヴィーチャのことはなんでも知ってるつもりになってたけど、そうじゃなかったんだな)

今まで朔は、閉ざされた世界の中だけで生きてきたから、そこにいるヴィクトルのことしか知らなかった。

これからもっともっと世界が広がれば、さらに違う一面が見られるのかもしれない。

(楽しみ)

ヴィーちゃんのオネガイならなんでも叶えてあげたい病は治ったけど、ヴィーちゃんマニアであることは止めていない。

この先、一生をかけて、ヴィクトルのあれやこれやの情報を収集するつもりだ。

(でも、本当にどうしようか？)

とりあえず高卒認定試験だけはしっかり受けることは確定しているが、その後が問題だ。

(ゼレノイ社が駄目なら、ヴィーチャの私設秘書とかを目指すべき？)

運転手やボディガード達のように、ヴィクトル個人に雇われれば、ずっと側にはいられる。

（でもなあ）

それをうっかり口にしたら、今すぐに契約しようと言われそうだ。

ヴィクトルに頑固だと言われても、私設秘書として万人に認められる実力を身につけるまでは、そうなることを自分に許したくはなかった。

試験後にロシアに帰ったときにでも、なにを勉強してどんな資格を取るべきか、執事に相談してみようと朔は思った。

（まあ、ゆっくり考えよう）

時間は沢山あるのだから……。

「ヴィーチャ？」

ワインクーラーから取り出した日本酒の瓶《びん》を見せると、ヴィクトルは嬉しそうに微笑んで切り子のグラスを差し出した。

注がれた日本酒を美味《おい》しそうに一口飲んだ後で、ヴィクトルは朔の手から瓶を取った。

「朔ももっと飲んで」

「はい」

素直に頷き、切り子のグラスを両手で持って、ヴィクトルが注いでくれる日本酒を受けとめる。

今まで注がれた沢山の優しさと温《ぬく》もりは、朔の中で揺らぐことのない愛情へと変わった。愛されていることに甘えずに、これからもヴィクトルへ同じ優しさと温もりを注ぎ返していこうと思う。

同じ想いを胸に抱いたまま、ずっと一緒にいられたら、きっとお互いにとってなにより幸せで最高な人生になる。

（……頑張ろう）

ヴィクトルの側にずっといること。

それが朔の望みで願いだったけど、今はそれにもうひとつ願いが加わった。

――心から幸せそうに微笑んでくれるヴィクトルの側にずっといること。

そのための努力なら惜しまない。

お互いの幸せのために……。

「今ごろ……」

ヴィクトルが月を見上げたまま、ふと言葉を途切らせる。

「はい？」

朔が続きを促すと、朔に視線を向けて優しく微笑んだ。

「僕のカグヤヒメは、今ごろあの月で、兎《うさぎ》と一緒に『モチツキ』をしているのかもしれないと思ってね」

「『餅つき』ですよ」

微妙に違う日本語の発音を直してあげながら、朔はちょっとそのシーンを想像してみた。

髪の長い自分が、十二単《じゅうにひとえ》の袖をひるがえしつつ大いに踏ん張って、ふおーっと力強く杵《きね》を振り上げるさまを……。

ぷっと笑った朔を見て、ヴィクトルは不思議そうな顔をする。

「……どうして笑うの？」

「いえ、まあ、ファンシーで可愛いなって思ったんですよ」

どんな風にヴィクトルが想像しているのかはわからないが、たぶんそれはこの上もなく美しい光景に違いない。わざわざ違う想像を話して聞かせて、夢を壊すこともないかと朔は自分の想像を黙っていることにした。

「『餅つき』も楽しそうですよね。この家の倉庫に臼《うす》と杵があったたし、年末に頑張ってついてみましょうか？」

両親や弟、橘に犬の散歩友達など、こっちに来てから知り合った人達を呼んで賑《にぎ》やかにやったら楽しそうだ。

「ああ、いいね。楽しそうだ」

ヴィクトルは鷹揚《おうよう》に頷いたが、その後で「ん？」と軽く眉をひそめる。

「朔、年末も日本で過ごすつもり？」

心配そうなヴィクトルに、「いいえ」と朔は微笑んでみせた。

「ついた餅を伸《の》し餅にして、それをお土産に本宅に帰ろうかなって思ってます」

きっと、その頃には母親も今より落ち着いてくれているだろう。

ずっと向こうにいるわけじゃないし、こっちにも戻ってくるからと説得すれば、きっと納得してくれるはずだ。

「帰るのか……。うん、それはいいね」

一緒に帰ろう、と嬉しそうに微笑むヴィクトルに言われて、朔は深く頷いた。

「はい。一緒に帰りましょう」

それが、朔の望みだから……。

「ひとりでお月さまに帰るのは、もう真っ平です」

「うん。僕も置いていかれるのは、もう懲り懲りだよ」

ふふっとふたりで微笑み合ってから、ゆっくりと視線を空に向ける。

欅の木の向こうには、白い太りかけのお月さま。

カグヤヒメが住む月は、ほの明るく綺麗な光を、ふたりに優しく注いでいた。

いつもの週末

橘《たちばな》聡巳《さとみ》が朝の散歩から帰ると、その上司であり、そして恋人であり、同居人でもある風間《かざま》仁志《ひとし》は珍しく起きていた。

エプロン姿の仁志は、キッチンのカウンターから顔を覗《のぞ》かせる。

「おう、帰ったのか。おかえり」

「ただいま帰りました。……っていうか、仁志さん、もう起きたんですか？　どこか具合でも悪いんじゃないでしょうね？」

仁志は超がつくねぼすけで、休日は大抵夕方近くにならないと目を覚まさない。

聡巳が休日の朝の散歩を習慣にしたのも、なかなか起きない恋人をひとりで待って、まだ起きないのかなとリビングと寝室の往復をするのが退屈になってきたからだ。

それが、まだ午前中だというのにひとりで起き出してくるなんて、これはまごうかたなき異常事態だ。

「どこも悪くなんかないって」

心配そうな聡巳に、仁志が肩を竦《すく》めて苦笑する。

「ほら、おまえさ、散歩途中に会う茶飲み友達がいなくなってから、ちょっと元気ない感じだろ？　だから今日は美味《うま》いものでも食わせて元気つけてやろうと思ってさ」

「なにを作ってくれるんですか？」

「やっぱり夏はカレーだろ？」

オリジナルスパイスで辛くて美味《うま》いの作ってやるからなと、仁志はやる気満々だ。

（俺が気落ちしてたの、気づいてたのか）

散歩途中で立ち寄った家に暮らしていた年若い友達、朔《さく》がロシアに帰ってから三ヶ月ほど。

印象的な鳶色《とびいろ》の大きな目と形のいい小さな鼻、そしてふっくらした小さな唇。

一見すると、まるでビスクドールのように造りものじみた上品で綺麗《きれい》な顔をしているのに、いつも麦わら帽子に三つ編みという妙に素朴な出《い》で立ちをしているのが可愛らしかった。

話してみると繊細な外見に反してけっこう大雑把だったりもして、とても気さくで、そして今時の青年にしては真面目で全然すれていない感じがとても親しみが持てた。

こういう弟がいたら楽しかっただろうなと思うぐらいに、朔のことをすっかり気に入っていた聡巳は、週に一度、彼と過ごす一時間程度のまったりした時間がなくなってしまったことが寂しくてたまらなかったのだ。

ずっと仕事仕事でろくにプライベートのない生活をしていて、社会人になってからは友達らしき相手を新規開拓することができずにいた聡巳にとっては、久しぶりに仕事に関係のないところでできた年若い友達だった。

散歩の度にあの庭で麦わら帽子をつい捜しては、その度にがっかりする悪い習慣がついてしまっていたぐらいだ。

別に興味はないだろうと思って、そこら辺のことは仁志には詳しく話していなかったのに、気づいていたとは驚きだ。

（ちゃんと見ててくれてたんだな）

なんだか、こそばゆくて口元が勝手にほころんでしまう。

「凄《すご》く楽しみです。――でもね、実は今日、その茶飲み友達に再会してきたんですよ」

聡巳は、朔からもらったトルコキキョウを仁志に見せた。

「ロシアに戻るとかって言ってたんじゃなかったんだっけ？」

「それが、なにか事情が変わって日本にいたみたいなんですよ。三ヶ月ほど、ご両親の元でのんびりしてたとかで……」

「ご両親？　って、墓の中じゃないのか？」

「……な、なに失礼なことを言ってるんですか。生きてますよ。あの子のご両親なら、たぶんまだ四十代ぐらいでしょうし」

「え!?　あれ？　おまえの茶飲み友達って、ジジイじゃないのか？」

「違います。まだ二十歳《はたち》の男の子ですよ」

二十歳といえば青年と言ってもいい年頃なのだろうが、朔はかなり小柄だし、無邪気に話しかけてくる態度が愛らしいせいもあって、どうも青年っぽい感じがしない。

「そうなのか……。縁側でゆっくり茶を飲んできたとか、今時携帯も持ってないとか言うから、てっきり年寄りだとばっかり思ってたよ」

戻ってきたんならよかったなと、仁志が聡巳のために喜んでくれる。

聡巳は微笑《ほほえ》んで頷《うなず》くと、キッチンの棚から出した一輪挿しに、トルコキキョウを水揚げしてから飾りつける。

「はい。しかも、以前はひとり暮らしだったのに住人がひとり増えてました。それも、俺達がよく知ってる人物でしたよ」

「誰だ？」

「ミスター・ゼレノイです」

「えっ!! なんだそれっ!?」

聡巳は、いきなりがっしりと仁志に肩を摑《つか》まれ、どういうことだと強く揺さぶられた。


ことの起こりは三日前。

聡巳の携帯に、仁志曰《いわ》くお茶飲み友達の朔から電話が入った。

『僕、携帯買いました。今はあの家にいます。週末に気が向いたら寄ってくださいね』

年下のこの友達がお気に入りだった聡巳は、大喜びで水菓子を手に、欅《けやき》の大木がある古い家に向かったのだが、家に近づくにつれて見えてきた庭の様子に思わず首を傾《かし》げた。

「なんで、ビーチパラソル？」

花が咲き乱れる見事な庭には、なぜか青と水色のツートンカラーのビーチパラソルが刺さっている。近づいて行って生垣から覗き込むと、ビーチパラソルの作る日陰に、大きな犬がだらんとだらしなく寝そべっていた。

（ボルゾイだ。珍しいな）

あまりにも怠《だる》そうなその姿に、思わず「今日も暑いね」と話しかけると、まったくねと言わんばかりに犬がゆらりと尻尾を動かす。

「君は、朔くんの犬なのかな？」

そう話しかけると、犬は『朔』という名前に反応したようで、すっくと立ち上がって、庭の奥へと駆けて行く。戻ってきたときは、朔と一緒だった。

「橘さん、おはようございます！」

「やあ、朔くん、久しぶり。元気そうだね」

「はい。また会えて嬉しいです」

にっこり笑う朔は、トレードマークの麦わら帽子を被《かぶ》っていたが、いつも首に巻き付けていた三つ編みはなくなっていた。

「髪を切ったのかい？」

「はい。すっきりしました」

似合うよと告げると、ありがとうございますと嬉しそうに微笑む。

その笑顔は爽やかで、以前より少し大人びたように見えた。

そんなとき、庭の奥から、ヴィクトルは現れたのだ。

「橘さん。ドーモドーモ、おひさしぶりデス」

『ちょっ、ヴィーチャ。ドーモって伸ばすと馬鹿っぽいですよ。「どうも」って言わないと』

「どうもどうも？」

『「どうも」は一回のほうがいいです』

いきなりロシア語と日本語混じりの言葉で会話しはじめたふたりを、聡巳はただただびっくりしてみていたのだ。


「――で、まあ、よくよく話を聞いてみたら、ミスター・ゼレノイはあなたのことを疑っていたみたいなんです」

聡巳はカウンターに座り、料理の下ごしらえをする仁志を眺めながら言った。

「俺ぇ？　なんで？」

「以前のあなたが未成年好きのろくでなしだったこととか、俺の引っ越しが半ば あなたの独断で敢行されたこととかを調べて知っていたみたいで……。それで、まあ、俺があなたに酷《ひど》い目に遭わされているんじゃないかと心配して、その調査のために朔くんが日本に来たと」

「ホントかよ。その朔くんとやらをエサに、おまえを取り込もうとしてるんじゃないか？」

「ないですよ。だって彼、ミスター・ゼレノイの恋人だって言ってましたし」

「嘘くさいなぁ。騙《だま》されてるんじゃないか？」

仁志がしつこいほどに疑うのは、かつてヴィクトルが聡巳を誘ったことがあったからだ。

心配してもらっているのだと思うと、すんなり信じてもらえないことにも腹は立たない。

「大丈夫ですって。だってミスター・ゼレノイ、日本語下手になってましたし」

なんだそれ？　と仁志が眉《まゆ》をひそめる。

以前会ったときのヴィクトルは、綺麗な日本語を話せていた。

それなのにさっき会ったときは、そりゃもう笑えるほどのハチャメチャぶりだったのだ。

「それを朔くんが笑いながら、いちいち発音を直してあげていたんですけどね」

ぷっと笑ってから、違いますよ、と得意そうに指摘する朔の顔を見つめるヴィクトルの目は、愛《いと》おしくてたまらないと言わんばかりにそれはもう甘々で優しかった。

「あれはわざと下手にしゃべって、朔くんが突っ込んでくれるのを浮き浮きして待ってるんですよ。もうベタ惚《ぼ》れ状態ですよね」

「そう……なのか？　でもなぁ」

なおも信じない仁志に、聡巳は最後の切り札を出すことにする。

「本当に本当です。その証拠に、帰り際こっそりミスター・ゼレノイに耳打ちされたんです」

——この家に、というか、僕の朔に、風間さんを近づけないでくださいね。念のために、と、ヴィクトルは流暢《りゅうちょう》な日本語で言って、聡巳にウインクしてみせた。

「なんだそれ！　自分は俺の聡巳にのうのうと近づいておいて、俺には近づくなだと！」

ふざけるな！　と包丁を振りかざして怒る仁志を見つめながら、聡巳は、かあっと顔に血を昇らせ耳元まで赤くした。

（俺の聡巳って……）

実際にそうなのだが、こうはっきり宣言されると、恥ずかしいというか照れくさいというか、なんともこそばゆい。

「決めた。その朔とやらに、俺も会いに行くぞ！」

ひとりで照れている聡巳に向かって、仁志が宣言する。

聡巳はすうっと顔色を元に戻して、「駄目です」と即座に却下。

「なんだよ。ヴィクトル・ゼレノイの肩を持つつもりか？」

「違いますよ。俺個人が、あなたと朔くんを会わせたくないだけです」

「なんで？」

「なんでって……。だってその……朔くんって凄く綺麗な子なんですよ」

「だからなんだよ。綺麗な子なら、もううんざりするほど見慣れてるって」

かつて未成年の可愛子ちゃん達と遊んでいたことを言っているのだろう。当時、聡巳も仁志の遊び相手に何度も会っているが、彼らと朔とではレベルが違いすぎる。

「見慣れるほどありふれたレベルの顔じゃないんです」

少し異国の血が入っているのだと思わせる、びっくりするぐらい大きな鳶色の目と白い肌。日本人とも西洋人とも違う、一種独特で洗練されたその上品な顔立ちは、一流の人形師が理想とする造形に近いものだろう。

二十歳とはいえ小柄で、男臭い部分がほとんど感じられないから、少年と言っても通用するし……。

（今さら、未成年好きが復活することはないだろうけど……）

それでも、やっぱり不安なのだ。

ただの美形ではなく、朔がとても気さくで気だてがいい子だというのも気にかかる。

実物と出会って話をしたら、好きになるんじゃないかと思って……。

聡巳は仁志から視線をそらして俯《うつむ》き、そんな胸の内をぼそぼそと白状した。

「馬鹿だな。それ逆効果だぞ。俺の好奇心を煽《あお》ってどうするんだよ」

苦笑する気配がして、カウンターを回ってきた仁志が、聡巳の隣りの椅子に座る。

「おまえはその子を気に入ってるんだろう？」

「はい。凄く気さくで、本当にいい子だから……」

「なら、俺だって気に入るさ。だからって、イコール色恋に発展するってわけじゃない」

だろ？　と聞かれたが、聡巳は素直に頷けない。

色恋に関する経験がこれまでほとんどなかったからわからないのだ。

「まったく……。あのな、おまえさっき言ったよな。ヴィクトル・ゼレノイは朔って子に夢中だから、自分はもう大丈夫だって」

「はい。言いましたけど……」

「それは、俺にも当てはまるんじゃないのか？」

「は？」

「俺はおまえに夢中なんだって。まあ寄り道は色々したけどさ、それだっておまえの面影を追ってただけだし……。俺はガキの頃からおまえひとすじなんだ。――だから、そういう意味じゃ、よそ見なんか絶対にしない」

だろ？　と聞かれて、聡巳はおそるおそる顔を上げた。

「そう……なんでしょうか？」

「そうだよ。決まってるだろ。――まあ、大概おまえも俺に夢中だよな」

「は？」

「起こってもいないことを先回りして心配してさ。それって、俺に夢中だからだろ？」

自信満々に明るい声で仁志が言う。

「そう……ですね」

聡巳とつき合うようになってからの仁志は、本当に聡巳ひとすじで浮気する気配など微塵《みじん》もない。

それなのについ心配してしまうのは、聡巳が仁志に夢中だからだ。

今のこの幸せを守りたくて、少しでも危険を排除しようとしてついつい保守的になってしまうのも同じ理由だ。

「はい、確かにそうみたいです」

聡巳が深く頷くと、「俺もだ」と仁志が答える。

「だから、変な気は回さなくていい。余計な心配して暗い顔してないで、笑っててくれよ。頼むからさ」

な？　と確認するように言って、仁志が聡巳の唇に触れるだけのキスをする。

聡巳は、仁志が触れた唇に指先でそっと触れて、「はい」とはにかんだように微笑んだ。

それを見た仁志もほっと安心したように微笑む。

ふたりの週末は、いつもと同じ幸せな時間が流れていた。

あとがき

こんにちは。もしくは、はじめまして。黒崎あつしでございます。

さてさて、今回のお話は『悩める秘書の恋のお仕事』のスピンオフでございます。

もちろん、これ一冊でも美味しくいただいてもらえるように書いている……つもりです。

前作以上に好きなものをあれこれぶち込んで、好き勝手に走り回って書き上げました。いやもう、すっごく楽しかったです。

皆さまにも楽しんでいただければ幸いです。

前作に引き続き、イラストを引き受けてくださったテクノサマタ先生に、心からの感謝を。

キャララフが届いたときは、あまりの可愛さに興奮しすぎて眩暈がしました。

いつも気分をひょいっと釣り上げてくれる担当さん、助かってます。どうもありがとう。

この本を手に取ってくださった皆さまにも感謝を。読んでくれて嬉しいです。

皆さまが、少しでも楽しいひとときを過ごされますように。

またお目にかかれる日がくることを祈りつつ……。

二〇一二年五月

黒崎あつし

✦初出　憂える姫の恋のとまどい……………書き下ろし
いつもの週末…………………………書き下ろし

黒崎あつし先生、テクノサマタ先生へのお便り、本作品に関するご意見、ご感想などは
〒151-0051 東京都渋谷区千駄ヶ谷4-9-7
幻冬舎コミックス　ルチル文庫「憂える姫の恋のとまどい」係まで。

幻冬舎ルチル文庫
憂える姫の恋のとまどい

2012年7月20日　第1刷発行

✦著者	黒崎あつし　くろさき あつし
✦発行人	伊藤嘉彦
✦発行元	株式会社 幻冬舎コミックス 〒151-0051 東京都渋谷区千駄ヶ谷4-9-7 電話 03(5411)6432[編集]
✦発売元	株式会社 幻冬舎 〒151-0051 東京都渋谷区千駄ヶ谷4-9-7 電話 03(5411)6222[営業] 振替 00120-8-767643
✦印刷・製本所	中央精版印刷株式会社

✦検印廃止

ISBN978-4-344-82552-9　C0193　Printed in Japan